首届天山文学奖丛书

章德益诗选

章德益／著

新疆人民出版社
（新疆少数民族出版基地）

图书在版编目(CIP)数据

章德益诗选 / 章德益著. -- 乌鲁木齐：新疆人民
出版社(新疆少数民族出版基地)，2024. 12(2025.3重印).
(首届天山文学奖丛书). -- ISBN 978-7-228-21513-3

Ⅰ. I227

中国国家版本馆CIP数据核字第2024VG3167号

章德益诗选
ZHANG DEYI SHIXUAN

李东海　选编

出 版 人	李翠玲	策　划	李翠玲	可　木
出版统筹	孙 瑾 单 勇	美术创意	可 木 王 洋	
责任编辑	刘 巾	装帧设计	王 洋	
责任校对	马鸿霞	责任技术编辑	王 娟	

出　　版　新疆人民出版社(新疆少数民族出版基地)
地　　址　乌鲁木齐市解放南路348号
邮　　编　830001
电　　话　0991-2825887(总编室)　　0991-2837939(营销发行部)
制　　作　乌鲁木齐捷迅彩艺有限责任公司
印　　刷　北京富诚彩色印刷有限公司

开　　本　880mm×1230mm　1/32
印　　张　10.5
字　　数　300千字
版　　次　2024年12月第1版
印　　次　2025年3月第2次印刷
定　　价　78.00元

目　录

第二辑　早年的荒原

第三辑　大美新疆

第四辑　晚年的诗章

第一辑

西部太阳

西部太阳(之一)

那于黄土上爆蕾于血滴中抽芽于汗液中膨胀的

是西部太阳吗

那于高原上紫熟于黄河间灌浆于冰峰间冷藏的

是西部太阳吗

那如五色鹿酣卧在西部大草原

如红狮咆哮在莽苍天涯

那如金穗头般哗剥爆响于荒原僻野

如紫铜古镜般脆裂于浩莽风沙中的

是西部太阳吗

那暴虐的那温顺的那冷冰的那温煦的

那文静的那凶悍的那妩媚的那酷烈的

是西部太阳吗

那如血之指印,盖印于苍穹

那如花之重瓣,绽放于天心

那如泣血之心房,沉重夯碎黑夜

那如黄金钻头,钻塌一重重凝固的远空

那如猩红之佛痣,点在高天

那以日潮的圣水之海,涤荡尘世万事万物的

是西部太阳吗

那天天沉落天天更新

那天天死亡天天再生

那于灰烬中飞成紫凤

那于黑夜中植成光明树的

是西部太阳吗

那令坚冰融释令万物萌生

那令江河律动令山岳怒放令灵魂芬芳的

辉煌的光之神

是西部太阳吗

那被废墟奉为祭火

那被土地奉为精血

那被黄金铸为宇宙年轮

那被一块古陆奉为民族裸赤之心的

是中国的西部太阳吗

西部太阳(之二)

哔剥燃烧的西部太阳

汩汩流淌的西部太阳

伐古歌谣为薪的西部太阳

用黄土捏就用血汗揉就用黄河水

塑就的西部太阳

古朴浑穆,铸进五千年古铜的光芒

悬于旷野,嵌于山口,运行于恢恢天穹

有时从长城垛口望你

宛如历史充血的瞳孔

一滴,莽莽大高原中膨胀出的鲜红血球

拱生于黄土

像一颗饱含浆汁的金黄色球茎

一点点骑影，一丛丛树影

仿佛就是在这球茎上发芽茁生

沉溺于山野之海

仿佛一颗硕大的金色圆蚌

被群山的烟波反复拍打

默默孕育出一颗颗毡房的珍珠

庄严地，旋转

五千年如一瞬

一瞬间又包孕着五千年

超越无数代生死的痛苦

旋转为一团燃烧的民族魂

西部太阳

熊熊运行于时空

那原是五千年熔汁般的血水泪水汗水

倾泻进一颗民族心的巨大铸型

而浇铸出的辉煌的渴望

我应该是一角大西北的土地

我应该,我应该是一角

大西北的土地

一角风,一角沙,一角云絮

一角红柳,一角胡杨,一角沙碛

一角峥嵘的山,一角奇兀的石

一角清冽的山泉,一角圣洁的雪域

一角骆驼刺,一角酥油草,一角驼铃的碎语

有岁月的烟云从我额顶漫过

有记忆的尘烟沿我脚底升起

脉搏中有马蹄的撞响

血液中有烽火的摇曳

历史写在热血中

三百万平方公里的辽阔

浓缩成我一角尊严与壮丽

我应该有黄土高原般沉郁的肤色

我应该有嘉峪关般伟岸的背脊

我应该有九曲黄河般曲折的手纹

我应该有祁连雪峰般阔大辽远的视野

我应该有塔克拉玛干般开阔的胸臆

我应该有伊犁骏马般雄烈长啸的豪气

我额头上,应该有一幅新飞天的壁画

——风云凿就的曲曲线纹

我瞳孔中,应该有一汪未经污染的天池

——从我灵魂的造山运动中升起

我躺下,我就应该是一块新绿洲

我站起,我就应该是一片新山系

大西北,雄伟辽远的大西北

奔驰着:风、云、烟沙、马蹄

列祖列宗开发的地方

悍野的自然,强者的领地

红柳丛点亮风沙中的辉煌

地平线展开梦幻般的神秘

遥远的沙柱摇摆着地球的旗语

在我的血肉中,能种植出

蔚蓝的天光,晶亮的露珠,贞洁的雨滴

在我的身躯中,能繁衍出

虬曲的树根,多汁的草茎,玲珑的鸟语

能结出一轮又一轮乳香鲜洁的太阳

能开出一瓣又一瓣娇红媚紫的晨曦

我的额纹,将敞开大西北全部的地平线

引领一个信念又一个信念

拓向最庄严最迢遥的领域

大西北,雄丽神圣的大西北

我应该,应该是你的一角土地

让闪电开垦我,让雷霆耕耘我,让春雨播种我

在我的渺小中成熟大西北的伟大

在我的有限中收获大西北的无际

我自豪,我是开荒者的子孙

我曾想,地球上应有开荒者的雕像

那该是十万大山,弯腰躬身,背负青天

我曾想,大地上应有开荒者的档案

那该是片片绿洲,存放着春花秋果,碧血汗泉

我曾想,人世间应有开荒者的纪念

那该是绿叶的书签,年年发行于春天

我曾想,世界上应有开荒者的留言册

那该是尚未开拓的远方的荒原

呵,我庆幸,我是开荒者的子孙

在我的世界中,也有一片荒原——

平沙的卧榻呀,云烟的纱帘

浊雾的斗篷呀,雪片的垫肩

霞光的绳索,为我扯起天的帐篷

月牙的衣钩,为我高悬银袍千件

风沙的骑队,为我鞴下幻想的鞍鞯

摇曳的沙柱,为我晃动开道的长鞭

清晨,我点起太阳的篝火,焚烧残存的黑夜

薄暮,我傍着夕阳的余烬,与世界围坐谈天

夜晚,银河的犁绳呵,我思想的犁尖

在空旷里开拓着永恒与无限

呵,我喜欢浊云的烙饼,烘烤在炉壁般的漠天

虽然焦黄,却能品到创业之味,斗争之甜

我喜欢天之胸腔中,那天风的高歌

虽然粗犷,却也共鸣着我心灵的和弦

我喜欢大漠上,那帐篷的纽扣

虽然只缝一个,也已开始了一件新衣的裁剪

我喜欢瀚海中,那泉水的珠串

虽然仅觅一串,也已镶上了理想的冠冕

呵,人生,怎能没有开拓的荒原

没有荒原的人生,只能是生命的墓园

我鄙夷,那随哀叹而飘走的人生的希望

我鄙夷,那随悲泪而跌碎的生活的信念
我蔑视,以一己胸怀作生命耕耘的田园
我蔑视,以三寸目光作灵魂之犁的绳纤
呵,耕耘着小小的悲欢,播种着淡淡的哀怨
这样的生命,能有一个什么样的秋天?
呵,人生之长,生活之远
怎能把自己向隅而泣的影子,看作整个世界

呵,我庆幸,我们民族永远有开荒者
一代代人,在历史的荒地上扶犁向前——
连绵的群山,是紧挨的肩膀
横亘的长江,是拉犁的绳纤
拉起一块大陆的重载,聚拢一个民族的力点
扶起一代人心的憧憬,绷紧一个时代的信念
太阳在上呵——高悬着人生空间里的金钟
曙光在前呵——抛来了历史险滩中的巨纤

呵,人类在不断的开荒中扩大着春天的疆域
人类在无穷的开荒中创造着理想的境界
开真理之荒,开灵魂之荒
脚下滴血的足印,是我们在这世界上

留下的探索者的赠言

开大地之荒,开天体之荒

拉犁者背上隆起的筋肉,是我们民族

真正的生命之巅

呵,开荒者——人世的山岳,历史的篝火

开荒者——大地的轴心,世界的支点

生活是人间的一幅画,开荒者就是浓重的底色

历史是人类的一部书,开荒者就是庄重的封面

希望是人生的生存之光,开荒者就是不灭的灯芯

未来是人类的追求之的,开荒者就是爱神之箭

呵,没有开荒者,这个民族就没有希望

没有开荒者,这个世界就没有明天

呵,请分给我一份荒原吧——

即使从广大的世界里,分来小小的一片

那我的篝火,也能从生活的荒地上升起

那我的犁尖,也能从心灵的炉火中煅冶

那我将来的坟茔,也能像一块生命的砝码

在大地的秤盘上,称出沉甸甸的人生,沉甸甸的信念

呵,不负后人呀,不负先贤

呵,不负民族呀,不负世界

我自豪,我是开荒者的子孙

在我的世界上,也有一片荒原

人生,需要这么一个空间

人生,需要这么一个空间——

一个浩瀚无涯的漠天

有天的空廓,地的无涯,云的高远

有雾的缥缈,沙的浩瀚,风的无边

有目光的舒展,胸臆的豁然,呼吸的畅快

有灵魂的升华,四肢的升腾,幻想的联翩

有风起风落时,那燥烈中的宏伟

有日出日落时,那静默中的庄严

有一洗胸中芥蒂的天风的高劲

有一扫心头郁结的遥天之幽远……

呵,没有遮拦,没有间隔,没有阻障

人生，真需要这么一个空间

在这里，我的生命才能化成一支灯芯
罩在圆天的灯罩下面
地球的灯座呵，热血的灯油
辉耀出一片创造的光焰
人是这灯罩中最永恒的灯芯
连那日月，也是它折射在灯罩上的光点

在这里，人的幻想才能无限升腾
让它，借一缕炊烟拴在圆天上面
那圆天，张开撑圆了蔚蓝的降落伞
载幻想飘浮过空间与时间
飘过多少代呵多少年
才能降落到人类追求的终点？

在这里，人才能居住在无穷与永恒之中
居住在这用大气营建的拱形的宫殿
与日月同宿呀，与风沙同住
与云烟同歇呀，与万物同眠
借这岁月的客栈，建一座理想的庭院

借这人生的寓所,铸一座灵魂的圣殿

呵,我目光的辙痕,随这旋体的建筑盘绕
我思维的轨迹,随这拱形的天体上旋
我豪情的瀑布,在这儿找到倾泻的高度
我幻想的丝线,在这儿找到流云的线团
我生活的梦境,在这儿找到平沙的卧榻
我人生的地平线,在这儿找到开拓的炊烟
我热血的溶液,在这儿找到日出的炉口
我创造的火花,在这儿找到炉膛般的长天

呵,眼睛,真需要这么一个空阔的视野
心灵,真需要这么一个庄严的圣殿
生活,真需要这么一个永恒的归宿
人生,真需要这么一个浩瀚的空间
让云的标高,天的标高
来丈量人的幻想的高低,心灵的深浅
让地的尺码,风的尺码
来丈量人的胸怀的宽窄,眼界的近远

这儿,才有生活的广博,创造的浪漫

这儿,才有壮志的飞翔,幻想的浮天

呵,但愿我的心

在我的头顶,能找到这么一重圆天

但愿每个人的头顶

都有这么一重宽广的空间

高原的诞生

从古猛士仆地的身躯中徐徐隆起

高原,开始隆升起最初的骨骼

血肉之躯卧地,如紧闭之蚌

微微启开,吐出血滴炼成太阳

背脊拱升起岩体

胸脯绵延成平野

目光徐徐滑动,渐渐陨灭成幽冷地平线

指缝揳入岩层

有第一棵青草沿指尖悄悄吐绿

嶙峋的肌腱,石化成西部最初的轮廓

地壳在一颗心脏的重击下战栗

高度终于沿着他背脊线的弧度

突破,徐徐上升

身躯最终弯成一张拉开的强弓

生命的最后姿势

呼啸着射出最初的山群

岩层狂欢,血泪呼唤高度

凝固的时间裂开,岩石迸裂

紫色的闪电中,云层与岩流与熔浆交欢

渴望全部的血肉化为熔岩上升

抚摸最初的天空

殉道者的血肉冷凝为土地

而灵魂体现为至高的山岳

最后勃动于喉管的呼唤

也渐次飞出

飞成高原上最初的鹰

盘旋于苍穹上的点点遗言

千万年飞入代代仰望者的瞳孔

一曲石化的颂歌,充盈天地

礼赞着一块古大陆悲壮的新生

垦　荒

野火炯炯暴烈

一万只猛虎的黄金瞳仁

赫赫盯视苍穹

苍穹紧闭　如萼　悄然爆绽

荆棘丛生的岁月上帐篷栖成一粒

洁白杏仁　自层层叠叠的风暴中剥出

足音叽喳盘飞　挠苍穹击翅欢噪

古高原的铜色树冠上

群飞的目光　栖成一群　青春的白雀

天地密封的昏蒙处

终于　号子喷泻而出

一粒血球一颗灿然的电火球

触天滚爆　汗滴　饲荒土如汁

大群的风暴葬入足窝中

夜眠于荒原上　人是一条

欲流又止　欲止又流的

有限而无限的河流

混沌的天地

终于裂开　裂缝于人的血肉中

血汗升华为天　血泪入地为土

天地净身如浴

一颗心　栖于中间

为花粉　为麦粒　为啾啾之金雀

苍穹下陷　大地浮升

自垦荒者的生命中徐徐裂开

一重一重新的天地

穿越一片片泥香　穿越人类拓荒者的生命

一滴血泪里旋转着　新世界的雏形

觅 水 者

他已失踪。只余一只中暑的水壶
昏厥于一片着火的炎沙中

蜷卧的热沙,如游蛇
滑动,咝咝吐出
一点酷日的猩红蛇芯子
猩赤的毒舌上苍穹麻醉
满空溶滴　白炽光擘

还余几滴冰莹的星光在水壶中沉浮

而他已失踪。焦化的脚印
片片被风沙衔走

一道湿凉的影子被酷日烙干

目光龟裂,血肉溶为蒸汽

天地招他,他消失于

蜃气里,消失于闪烁不定的幻影中

不知被哪一隅热沙收留

炼他为一具秘密饮器,精神的饮器

千古不竭的灵思炼一滴不灭的精魂

只余一只壶口,幽秘张开

如一张欲语又止的小嘴

一孔似涸又溢的泉口

一道通向圣水之源的神秘入口

一条泅泳星光、银河、清凉湿云的

秘密海道　起源了　千古汹涌的　民族的　流程

筑 路 者

他已不记得起点。脚印被暮鸟衔去
散尽成古原上飞逝的残霞
足音也远逝,如一瓣一瓣旋落枯萎的
秋菊的落英,他佝偻于黄昏的
身影,立成大地尽头最后一块路碑

嶙峋的高原上他熬尽人生
足窝里栖过一千次陨降的风暴
油灯光焰眠成一朵投宿的夕阳
霜发摇落丝丝月汁
他皲裂的手掌蜷曲成道路之巢

曲曲折折的掌纹自他掌心滑出

游动　发源路之起点

曲曲折折的坚韧盘旋成大地曲曲折折的

沉思

他常常忆起那风雪中倒地的亡友

坟茔渐渐隆成大地的硬茧

他目光平静滑翔,融于宇宙

俯视荒原如俯视全部　混沌的历史

他清晰看见道路向他流来

流入他的血肉,流入他的灵魂

流进他的额头

浓缩为一缕深镌的

象形文字般沉思万古的额纹

他一生泊满天地风云

血肉与高原渐渐合一

世界穿越他的躯体而一次次获得

全新的起点

他站于岁月的尽头　他遂成为

人间的路碑

播 种 者

他向荒土走去

一柱旋风栖于他肩头

嗡嘤呜哞　太阳香熟在天空

一滴阳光一滴三月的精血

新垦土的泥香缕缕上升

袅袅梳理他的足音

一粒谷种于他掌心

眠成一粒星星的铸品

一滴太阳血、一粒黄河魂

一滴土地圆熟的精血

他用这谷种更新自己

无限延续自己的血肉与灵魂

在世纪的荒土上、在灵魂的荒土上

他播种的手掌舒卷成朵朵雨云

指尖沙沙絮语黄金香雨

目光如虹　冉冉升起,闪耀七色梦幻

一缕阳光一根麦芒

一滴月光一滴嫩嫩浆汁

日月之精孕作他更新着的生命

他在苍茫岁月中无边无际地发芽

渴待　成熟

目光晶晶飘落,如露珠

灵魂静静舒张,如芽瓣

黄土通过根须向他升起

五千年血泪的历史,他用生命吸收,于荒土合一

通过无数次生生灭灭

凿 渠 者

他觉得不是他凿渠

而是渠凿他

一种力　一种精神　一种渴求

正凿穿他的生命　横贯他

使他有些僵滞的生命

豁然贯通

他觉得他正渐渐化身为渠

于铁色戈壁上　蜿蜒

裂　血肉为

生死两岸

标示出一条艰难的生存轨迹

让云　烟　沙　尘

穿他一生而过

长流在大地上

他觉得他是古漠与绿洲间的

一种流动过程

手掌垂落

掌纹镂成渠流走向

目光如滴滴露珠

栖于千年草叶上

他恍觉　有一个传说

贯穿他的血肉而流出

流成大地之源

渴望　头顶　千万年僵冷的冰峰

融流　都横穿他的胸廓而过

星光　日光　天光　雪光流过

流他为大地新的河床

手为河口

心为清澈的河源

一生裂为大地

悲与欢的两岸

灵肉无限展开

铺成岁月艰难的流向

他聆听思想在五千年古陆上喧响

绿洲正在艰难形成

筑路者与山

黑色的世纪堆满天空

岩峰,一堆天国的典籍

岩石满谷,凝固古雷霆的神谕

千峰万峦扼断宇宙之喉

云空窒息　朵朵太阳掐熄

凿路者,从自己的掌纹中觅到

路的起点,道路自掌心中曲折爬出

熟读一条古道如同熟读　千古自身

起伏的山群绵延成苍古岁月

蔓延进筑路者的生命

灵魂的岩浆与地壳的岩浆一起冲动

向往火的突破力的突破

改变古大陆的内在秩序

生命的投影横成人类进程

终于有了盘山路,叱咤着一条

烙烫于岁月山丛中的人类的闪电

撕扯冷却的静止与凝固的伟大

盘旋成一道,地球蚕茧中缫出的爱之蚕丝

一缕葡萄须

结出累累车灯乃至头上

满天圣洁的星辰

人类用道路的形式完成自己

穿过嶙峋的岁月与凝固的年代

开放的天穹不可堵塞

道路的剑刃上

灿明的车灯陨落如一滴滴

筑路者鲜紫之血

黄　土

万物源于黄土

永远古老永远年轻的新鲜之爱
永远浑黄永远圣洁的温软之梦
永远神秘永远亲切的万物之本原
永远厚重永远辽阔的天地之情愫

使一切线条诞生于它的凝重
使一切色彩孕育于它的浑朴
使一切音律躁动于它的广大
使一切芬芳分泌于它的肃穆

包容一切而又覆盖一切

分娩一切而又湮没一切

毁坏一切而又创造一切

铭记一切而又淡忘一切

自一把黄土中揉出黄河

自一把黄土中捏出山岳

自一把黄土中雕出族群

自一把黄土中翻出家谱

生之血肉

死之躯壳

思之形态

魂之依附

使一切圣者垂思

使一切智者彻悟

走入西部

早年 进入西部

渴望结识王维的落日与

王昌龄的关山

结识

岑参的梨花雪与李白的月亮

一地黄沙犹是汉唐的原稿

不断增删着 生者的脚印与死者的磷光

三两雁影 四五牧群 一地斜阳

万里衰草 犹是征人的遗梦

年年转黄 水如胡笳呵

山如烽燧 远远一个骑马人是

一阕大地珍藏千古的

阳关三叠　被寒蛩吹出

静静漫入天涯

八月，古原一滴雨的自述

紫闪电炫目的光瞳里　终于　我读到雷霆的神谕

一片黑云徐徐分解　我陨落

对流的大气层中　我是叛逆的水晶

一滴雨珠凌八月的酷威徐徐降落

俯视下界　日光依然晃目

沙漠浩漫　蒸腾熔淌的辉煌

波动　无边磷光之海

毒太阳白炽如　一潭神秘的紫沼泽

一池沸熔的金铜汁　多少雨意在里面溺毙

满野裸呈灼烫的金黄　疯女金发般起伏的

层层沙梁　飘曳熊熊金焰之海

沙柱是一株植于天涯的疯狂的黄绸树

被风暴植了又伐　伐了又植

伐作毒太阳的一堆堆千古柴薪

我飘降　穿过热尘与气流的里程

被咝咝的热浪熊熊逼焚

我是第一片雨云第一滴乳汁

第一名殉身者

即使我焚干于中途　我也有一滴

白银的精魂　闪光于人类的天宇

我下沉,我感到墨鱼卵般的沙粒

在我身下爆裂

孵出一尾尾泅泳的尘团

一片　海的幻梦

衔我作一粒水晶的补丸

我陨落　我感到刀刃般薄韧的闪电

在我身下不断剖开　一重重苍蓝色

闭合的苍穹　我潜入　饲入一滴药酒

注入一滴　令古原受孕的春之精血

我忆起风季的大漠　一只

浓汁四溅的大腌缸

泡满了卤味的星　咸味的月

滴垂酸汁的风　一片片

腌得发青的云

我忆起风季后渐渐沉寂的大漠

旋风轻吹箫管　余尘浮作

狂舞的金蛇　苍穹之上

一片剔透的新月

渐渐升起

我窥见过古原上全部神秘的奇物

风圈的圆筏　月晕的霉斑

毒太阳的血舌　风沙线的腕足

远山的耳廓悄悄伸入银河的波纹

我听见过古原上一切幽秘的声音

风在天壁上搔痒之声

落日在天壁上蹭背之声

云在地平线翻身咳喘的声音

尘屑在地平线上蹑足软步的声音

我蒸发自古陆而熟悉古陆

这荒原的全部悲欢都浓缩于我这

一滴　透明的精血中

来自荒原又回归荒原

我升华大地的精华又降沉天空的

沉思

我飘过酷热、干旱、炙闷的记忆

飘经残垣、古堡、废墟的历史

我还在飘落　头顶上

由万千雷霆组成的　紫色的军阵

波动闪电的肩章　已为我后备着

突入历史腹地的

光与电的出征

在古胡杨的残骸边，我是一粒月亮的花籽

在古河道的干尸边，我是一粒星星的花粉

在封闭的苍穹与漠野间

我是一滴水晶血　一粒莹澈的

宇宙之魂

天与地　两盘磨

叠合成万古西部

注入一千年日精月华

磨出我这一滴　万物的浆汁

我飘落　向荒沙向酷日向灰烬

飘落　在死亡与永生间

我飘降过　晶光四散的一瞬

也许一滴雨　穿不透这万古的沉寂

但在第一滴雨后　一定会有一千次雨季的复兴

没有永恒的沙原

世界在每一滴殉身的雨珠中

折射出霓虹的灵光

黑色戈壁石

古海的颚部呕泄紫血　日月滑落
紫电滑落　沸浪隆隆嚼响天壁
苍穹倒悬　一万层浪柱轰然倒毙
风干成尘
沙原起伏　绵延古海遗像

海的古龙之魂　已死成粒粒黑色石
一枚枚小小的雷电的焦骸　一堆堆
古海的化石泪　苍穹张开又合拢时
滴出的　黑色血

寂灭　这古陆的遗证　历史的枯墨
沉滞于一粒僵固中　使天地萎缩

服丧的石头　焦化的星星

僵卧于死亡之中的　一点一点沧海的遗言

古大陆上　一颗一颗

远古的黑色寿斑

古陆不断再版风暴

云重版着远古的云

黑色石迁徙于无限颠荡的世纪中

一粒粒黝黑舌蕾　反刍动荡的历史

在金沙的祭火中呻吟　静听冷月滴响天边

紫电的长篙　一次次撑开乌云

只搁浅于　古高原扼天的封闭中

波涛之声远在记忆里

云沙沉没　猩日如煮

几万年僵滞轮回在同一古老的背景中

一粒一粒

黑色的叹息

凝重而苍老

没有一粒沙粒进化

在苍凉的衰阳之下

闪烁如古大陆最沉重的思想

日　潮

高原陷落,崩塌为一片紫玻璃的狂涛
光的风暴漫过万峰,落日横流

粼粼而来
一波一波灌浆西部
毡房的球果,膨胀
爆弹出一粒一粒骑影之籽

浩浩泛滥
横流为天地的胎液
辉煌地分娩
鹰影、牧群、骏马,绵绵不已

冲决天山,漫溢古原,拍湿远空

汹汹拍响这片陆地寂寞的庄严

马蹄声为浪

涌动沧海气象

豪叹出一派千古沧桑

西部,日潮

哗哗的黄金汁

潺潺的紫铜液

奔泻的桃花汛

沸滚的太阳血

高原魂与边土心的横流呵

卷我的目光而去

深深潜入,如两尾银鳞

深潜,探测这太阳潮的深度

与那千百年血水泪水与汗水的深度

五千年,日之潮

一涨一退,成千古

于记忆之外记忆之内

无限往复,轮回

血之汛期,火之漩流,心之熔汁

横溢成拍击这片陆地的

血泪潮呵

荒漠天空

一千群雷覆灭在那里　雨云萎灭成灰

闪电飘吐花根而又倏然萎落

青苔般的天空上　夕晖爬满紫藓

星光溢出　如泪

一成不变的大漠天空

凝固如化石

一千群惊雷突不破它的窒闷

点点浊云凝作寿斑

地平线卧成风暴之横枝

尘暴累累成熟

苍穹下延展无边枯黄的死寂

天空一万年一种表情

黄疸型的冷漠　沙粒与旋风放肆媾和

蚕食季节　山与山不交流语言

寂灭是天空至高的训言

自诞生的一刻就以荒寂的封闭桎梏大地

不放一粒星光自由飞翔

只放出风暴的黑色兀鹰　无边撕啄日月之精血

岁月袒裸成荒荒莽莽的大旷野

荒沙堆积成记忆的尸体

头上垂覆一重一重的

沉沉历史天空

落日在天角颓灭　倒成一堆堆

血火残墟

雨珠的精魂游荡

渴望所有阵亡的雷电　再生

以几千岁完成对一重天空的

决定性突破

雪　崩

最初的骚动抠破天空

天空倾滑

骤然间一千里轰轰隆隆的

蔚蓝色的脱臼,星云崩塌

太阳轰轰旋转往下垂陷

天空层层陷落

沉睡在山腹深处的古雷电

骇醒,嘈杂一片世纪初的古语

咬出岩壁,闪闪烁烁狂旋一片死光

端起半座雪峰抛祭苍天

古星光嗡嘤嘤乱飞撞颤天壁

万山抽搐,释放眠成惰性的岩腹之力

使一天雪崩的梨花开成漫天春意

空间并不僵固,每一重雪峰

都是一座古海浪的暂时静态

世界在一切冷酷的高度冲决冻结的宁静

疯狂的月光滑翔而下

一角倾覆的宇宙堆成古雪山的坟茔

星光狂飞,玉色粉蝶天边栖落

天山巨大的骨粉弥溢天地

一秒钟一次千百年的突变

雪末的白色焰火扬飞

大地通过死亡的毁灭走向新生的节庆

雪崩平息,雪峰平息

天空渐渐愈合

在雪暴的遗骸中徐徐升起

群山的全新的形体

每一条线条都在解释世界全新的法则

天摇地动中完成大地运动的过程

西部河流

自一滴泪水中分泌出的苦水之源
自一滴汗水中发源出的咸水之祖
自一滴血滴中流淌出的炼火之流
——哦,西部河流

……滔滔泪汁
旋转着一个世纪一个世纪痛苦的旋涡
沉没于泪河中的世纪不见天日
灵魂般深沉的河道中有古陆在吼

……滔滔汗浆
旋转着一个年代一个年代生存的激浪
把一代代开拓者的肩背拍击成精神之岸

塑灵魂为山,揉血肉为土

……血水之流

喘息着五千年太阳之河

铸殉道者的脊梁为中国的龙门

每一颗滴血的心都是历史的入海口

一滴泪珠与一滴汗水与一滴血滴

发源了我们西部全部的河流

所以我们才是它的逝水它的流域它的分支

所以我们才是它的前浪它的后浪它的终点它的源头

所以我们就是这些河流

生与死,两道岸

一道岸,耸峙起血肉堆积的五千年记忆

一道岸,绵亘着雷火熔铸的五千年追求

哦,生生不息的民族

西部的河流

落日下的西部山脉

黄昏崩溃

落日　泛滥

崩决

山原溺没,焚成一片痛啸的

火山血

光的狂飙

无数烛天的山脉,立成火柱

舔噬天空

光的塑像,火的立体浮雕

满目夕潮与山海的　辉煌暴动

静穆。那山川内蕴之力全被这

火的刹那震慑

落日怒啸,夕潮横溢

无边金潮拍响天涯

没有归鸟,骑影

只一片伟大的强光洞彻万类

穿透虚静

山群,如火蚕,如赤鲸

如搏噬苍穹之金狮

如浴血者,如自焚之武士

如怒绽的红莲,如暴晒于天地间的

血迹殷殷的古蟒

如金鼓悬于苍穹

没有伤感,没有唏嘘

这大山群之暮,充溢北国血性

雷电的造像,烈火的旋风

与太阳之血潮同涌

高原于火浴中放光

一次薄暮的再生

山山岭岭艳若火中游龙,衔一颗太阳珠

潜入万古夕潮,翔涌

拥有雄烈的山川是伟大的

黄昏也生机勃发,胜似黎明

天山:色彩三重奏

雪域

素雅柔白的冷光

凝止着,一曲无声的音乐

一阕,冰蓝天国中

洁白的仙曲

下面有塔松墨绿色的抒情

波动着揳入幽谷的芳冽

墨绿的温静

墨绿的忧郁

在云影时深时浅的投射下

变奏着天山的七月

山脚下有油菜花明亮大胆的色块

反衬出一种金箔样的热烈

阳光静淌着赤金的小溪

浇铸着山坡边

一层层油菜田块

黄金的音阶

打开两片斑斓画夹的

是蝴蝶

闯进七月的天山

收摄进雪水中漾动的

塔松与积雪的倒影

研调进

色彩三重奏中的

天山的含蓄

大漠之宴

地狱的宴飨

五月云漠滚动惨白的涎液

飞沙狂欢舌蕾

缕缕上升的蜃气

是古陆烹香的精白面丝

冉冉挑起

混沌中爆亮的红灌木

一团秘藏的灶火

这颗原本就布满石头的牙齿

布满色与香的饥饿

每片雨云中精装着闪电的牙签

还有喜好剔牙的细密蹄音

喜好漱口的荧荧星空……

在死灰与干沙上构筑宴飨的幻梦

构筑虚无的丰盈

不知以什么雨珠和花香盛宴我们

……大野的桌布

被旋风拎起而为一千张绣满黑色石的精致漠云

叮当抖落冷月　野烟　枯沙　电闪……

铺下一千里蝗虫般的红石

每寸桌布上都沾有风神的趾印

冷冷地款待我们

无论是热炒的太阳与冷拌的霜月

都由一只黑戈壁的托盘高举

我们的蹄音也煎炒在里面

滚爆如沸油

敲开一颗夕阳的蛋黄徐徐倾倒……

而远处的孤树

骨立成一柄千古的食叉

烹调总是雷同

暖红的诺言上红红紫紫地焖着一些孤零的冷烟

香熟的日光抽出束束幻梦中的金穗

一只归鸦穿过黄昏如穿过一叠

无边烫金的烹调巨著

苦咸的碱灰调味乏味的空间

而有一些香味穿过我们的骨缝悄悄漏出

在浩莽中咽食空洞

面对宇宙之灶火品味冷寂

视野与灵魂总是饥饿在空洞的雄壮与暴虐的崇高中

…………

总很难确切地知道世界一隅的真味

舌蕾死在舌头尖

不知是我们品味荒漠还是荒漠在品味世世代代的我们

明天我们也许能在绿洲中聚餐……

穿过这白骨的盛宴与灰烬的典礼

穿过以磷火烹制的死亡空间

穿过地狱与天堂的婚席

一队骑者渐行渐远的背影是一张世界的请柬

写满太阳与地球的联合署名……

在大地紧闭的口腔中

融化进一个百味的东方

一份伟大的食谱

用血泪与黄土酿造的人类的真味呀

第二辑

早年的荒原

黄昏的高原

黄昏的高原

如一个迅速崩溃的巨大王朝

迸溢出　悲壮的血光

熔金的云朵是被遣散的诸侯

熔金的远山是被解散的联邦

熔金的落日是被暮色引渡的　荆冠之王

一列从地平线上凶猛出鞘的火车

是冒烟的荆轲　行刺进

鲜血四溅的夕阳

八百里篡位的夜色

静静登基在我一盏油灯上

梳

秋风梳过我颅顶时

几声蛩鸣是几颗　折断的梳齿

床边的月光都是我梳落的白发

蜷曲着唐诗的风姿

秋风梳过我内心时

遥远荒原里几块墓碑　是我梳落的断齿

长长的雁行飞翔成长长的梳柄

苍茫风烟中

落日是谁的旧容？荒烟是谁的白发？

枯草是谁的鬓角？磷火是谁的短髭？

秤

称风暴　称沙丘　称云朵

荒原小路是一根埋在荆棘丛中的黑秤杆

死者的脚印是刻在它上面的　最精确的刻度

倾颓的残碑呵一只遗留在人世的

老秤砣　还在

称冷萤　称寒蝶　称腐火

我们缺斤短两的生命呵

我们缺斤短两的灵魂

谁用最轻的磷火偷换走我们　最沉重的骨头？

牌　局

黄昏边塞　山河如牌局

在夕晖与枯草间纵横

落日掷出一张辉煌的红桃

以万古的血光　俯瞰苍生

一只黑隼一张　上帝甩出的

黑桃老K　蹲踞在岩石上　锋利而无声

天空中秘密洗牌的秋风与星河呵

大地上秘密洗牌的牧群与蹄声

远天的寒雁如一颗孤独的骰子

被一声长唳掷进苍穹

只有我小小的油灯呵

是血的红桃

是诗的王牌与梦的底牌

无声地掷进黑暗

赢了一瞬　输了永恒

尘暴过后

尘暴过后　脱臼的天空

骨折的月光与缠绷带的村庄

每一颗浮尘都是古老的微生物

浮悬着美的死亡

小小村庄外月亮的灵床呵

躺在一根梦的羽毛上

远远　褴褛的浊云在缝制

宇宙的寿衣　偶然的狗吠声是

突然折断的　山河的针脚

初　秋

初秋的寒意是一柄出鞘的宝剑

在霜降的荒原上逼射出　月亮的寒光

草色是渐行渐远的戍卒

在每一滴暮雨里撤军

在每一片腐叶里换防

遥远的雁唳呵是唐朝的口令

遥远的秋虫呵是流落的壮丁

遥远的苇花呵是缴械的月光

八百里仗剑西行的秋风

在每一根荒原遗骨里　筹集　磷火的军饷

拉　链

把八千里铁轨缝紧成一条东去的拉链

小小的寒蛩是秘密的拉锁头

藏在西部的深草间

是谁一拉

大地上划过一道黑铁列车的火焰

苍茫中拉开的高山阔水呵

谁能从车轮下取出太阳的伤口

谁能从车轮底取回碾碎的流年

躺在草野中听秋天的虫叫

满野的虫叫

其实那是满地苔色的古诗

我从中听到

王维的禅意李贺的险韵苏轼的飘逸与陆游的沉郁

今夜　我深入一句虫声如深入一句千古名句

把大雁删去一行

把白发添上一句

把额纹加上一行

把泪滴减去一字

而我是发表在这虫声版面上的最新的一首呵

以潦草的睡姿狂草成外一首的　山河佚诗

巴仑台拂晓

巴仑台拂晓

马群浮雕在荒野上

远方　几颗冷星闪烁着苍白的微光

宛如误进一首唐诗里

不慎与古代的汗血马邂逅

忧虑于一声　突起的马嘶

唤来奔袭的胡骑　踩灭今晨破土的晨光

宛如面对灵魂的前世

一种遥不可及的诡异之美

正在慢慢聚集成形

一片朦胧的缥缈的青铜背景

正在静静转世成我今生的诗章

马群凝然不动

大地的风吹拂着古代也吹拂着

今朝　一列静静飞翔的晨鸟

正穿越薄烟飞回唐朝

联系他们

联系他们

有一朵黑苔是他们神秘的旧址

有一句虫鸣是他们拨来的电话

有一朵浮云是他们翻烂的通讯录

有一树沙枣花是他们晾晒的旧衣衫

联系他们

有一痕枕印是他们

精美的地图　有一滴雨珠是他们

漂流的行囊　有一截树根是他们

最隐秘的夜行车厢　有一只空烟缸是他们

最凄美的邮箱

小小的窗外

四月的阳光又被雨烟收藏

我拉开抽屉看见他们

在蒙尘的旧底片里过着　朦胧的影子生活

青春比黑发短

回忆比白发长

联系他们

墙角下一队小小的黑蚂蚁呵

一串幽灵的电话号码

梦中归乡

九月　一颗露水

二朵苇花与三句雁叫

构成我乡梦中回家的盘缠

它们兑换来的秋色购得

一朵小小秋云的车票

遥远大地上明月的检票口

剪落乡泪　留下梦乡

九月呵　酒杯是最小的月台

枕头是最小的车站

磷火是最瘦的旅人

落叶是最小的行李箱

汹涌的月光夜夜把我的梦床

浇铸成飞翔的车厢

我窗外小小的秋虫是

最幽秘的火车头

鼾声是自助的汽笛

多少年辗转反侧于乡梦中呵

左卧是江南右睡是新疆

三丸药丸

黄昏　三丸药丸

一丸落日

一丸雁影

一丸骑影

被远空咽下去

速溶成浩大的宁静

八百里夕辉的

伟大冲服呵

冲饮下无边西部的苍凉与沉静

而我每夜的孤独是一盏孤灯的高烧

我每夜的乡愁是一只枕头的炎症

我每夜的写作是一群蠹鱼的失眠呵

蚕声起落如血压

静静画出孤旅者永难治愈的心境

写了一生的西部诗

写了一生的西部诗

得罪了王维的孤烟

冒犯了李白的月亮

唐突了岑参的雪花与马蹄

成捆的云朵还在被风打包运走

不肯装订我的诗集

静夜　蓝墨水缸里月亮的光线

都是王昌龄的白发

诗人还在寻觅转世的诗句

一朵落花在大地上考证

尘埃的笔名

我们都是暂时的芬芳

我们都是暂时的字迹

译

译完　九月的草色与雁影后

一句蛩声早已是　最完整的译本

秋风的校对何其周详

从草尖到草根已是秋深

床前的早霜呵都是唐诗的原著

一半是月光的精选

一半是李白的原文

我偶然的咳嗽是一次猩红的笔误

写进　生命的幽深

译完　孤寂的影子与荒远的旧梦后

一头白发早已是最完整的译本

月亮的校对何其谨慎

从发梢到发根已是一生

身体的译本只寄语山河的原著
别把我一生的道路误译成远方
别把我一生的心律误译成生存

夏天撤军以后

夏天撤军以后

沿途有衰草

深入一窝窝蟋蟀里刺探

秋天的军情

泄密的雁声是天上的口令

草色如番号　变换出

敌国的风景

远远的荒原上

有草虫与落穗在交换人质

有闪电与暮烟在处决山影

有草垛耸峙如敌国的骑楼

寂寞呵　唯有最后的残雷是天上的酷吏

依旧在万山之上审问一朵　无家可归的云

绝育的荒原

绝育的荒原

死亡的胡杨树如无数

古恐龙的胚胎标本

浸泡在暮色的福尔马林中

每一滴雪水都是一支

浓缩的玻璃试管

包孕着太阳法老的梦

遥远的云依然在天边组建

木乃伊的联邦组建法老的浮雕群

哦　无边的黑砾石

正在马蹄的胎音外

幽幽梦见春天的冤魂

在死亡的大漠上

在死亡的大漠上

云是双翼的木乃伊

空运来星光的骨灰与地平线的骨架

偶然的雨滴是海的小骷髅　精变成满地黄沙

在死亡的大漠上

唯有远方的书信呵

是我掌心中微型的绿洲

我深入进去　在邮戳中汲水

在字行间聆听　在逗号下野炊

在署名里喂马

深入一张邮票如同深入一座

斑斓飞翔的村庄

聆听头顶上蝉翼振动的阳光

是无数亲友的和唱

重读旧作

在一首人去楼空的

旧稿里　旧燕不来

落叶满阶　四面洞开的窗外

已浮云如梦　逝水如烟

坐在语言深处

静听天空上方

一只一只眼镜脚的拍翅声

正化成一只只秋雁

墨瓶里的水塘枯了

芦花从颅顶上长出来

而每一首旧作里青春的异乡呵

唐朝的霜又穿越诗句

循环到永远

读唐朝诗人李益《从军北征》

那夜　月夜听笛的征人中

一定有我　那夜

三十万望乡的征人中

一定有我　那夜

天山雪后海风寒呵

我冻在眉睫上的一颗

乡泪　一定被李益看见

而李益的笔与我今夜的笔

都是　当年那支幽怨的笛管呵

而吹出的旋律已漫漫幻成

无际的　雪云了

横亘了千年

一片霁光溢出千古之笛孔

半是回乐峰前唐代的雪沙呵

半是四十年前我塔里木的冬夜

读岑参《白雪歌送武判官归京》

公元七五四年　轮台东门

一场不期而遇的大雪与岑参相逢

一场与唐诗有约的大雪呵

从冥冥间千古的期许中　如约而至

绕岑参欢舞　幻旋成梨花

静静消隐入　一方墨砚中

从此那场大雪不朽

慢慢盛开　慢慢凋落

以慢动作的姿态

绵绵穿越一千年间中国汉诗的时空

一场为岑参而下的

梨花雪呵　一场为盛唐边塞诗而下的

梨花雪呵　一场为中国文学史而下的

梨花雪呵　我今夜的眼睛钻进去

化作蜜蜂穿行于密集的梨花海

为诗与梦酿蜜　为真与幻授粉

黥面的山

黥面的山　被三千年铁火拷问成

秦朝的死囚

天色冷作狱卒的脸色

风声吼作铁血的檄文

烧焦的裸石被炮烙成

闪电的骨头

唯有　四月草虫声里探监的春天呵

把春光提作一壶小小的美酒

春花燃作浅妆的孟姜女

春草艳作山河的短袖

一滴一滴露水的髻

依旧梳成　汉唐模样的风流

酿

乡愁酿就一个人

他通体散发出月光的异香

他把他自己一滴一滴　斟进字缝里

斟进纸纹里　斟进梦境里

寒蛩饮他　孤床饮他　蠹鱼饮他

他是他自己易碎的酒杯

斟满　雁声　乡泪与轻叹

孤独酿就一个人

他通体氤氲着诗歌的奇香

他小小的墨瓶里腌着汉唐的月亮

他与他自己对饮

生命是风云的剩菜

白发是蠹鱼的葱段

风暴之忆

风暴把山河剁碎后

在天地尽头剁着　白杨与村庄

我昏暗的油灯是荒原里一丸

小小的肉馅

滴着太阳的馅汁

滴着新鲜的泪光

饕餮之尘云呀

正在飞翔的魔鬼桌布上享用死亡

而我小小的恐惧是谁的餐布？

而我小小的孤独是谁的佐料？

生命被漫天的尘云蘸着

喂养着黑暗与死亡

西部赏菊

九月之末　当凛冽的寒气

君临天下　改朝换代的草木

都已投靠了　秋霜

西风中一只临刑的寒蛩

突然把满野菊花招供成　黄巢的黄金甲

一朵怒放得最猛最烈的紫菊啊

必是　黄巢　一千年隐姓埋名还未伏法

今夜我的油灯也为之怒放成

霜菊　隐匿入天涯　为谁的寂寞

怒放出满屋血之怒香

四　月

四月　天空的卧榻上
睡满登基的风暴
睡满淫威的风暴
风暴的初夜权呵
每一缕炊烟都是细腰的女子
每一只野蝶都是浓妆的女子
满地的野花都是亡国的女子呀
被劫持到天上
而我的油灯乃是一名
流落人间的贵族女子
有着落花的血型与夕阳的贞操
世袭的光芒高贵于混沌的年月
一滴墨水里古典的青裙呵
依旧逶迤着诗性的光芒

薄　暮

薄暮　归家者感悟

落日是兑换在马蹄与远空间的一枚

最古老的铜币　锈满

千年的血光　被远远一名孤旅者　俯身捡起

薄暮　归家者感悟

寒蛩

是虚掩在苍烟与秋水间的一扇

最小的柴门　半开在深草里

归家的路埋在蛩鸣中

苍古的落日呵是山河的老房东

等待在　每一句唐诗里

远　方

远方呵

那些峥嵘远山的暴戾

那些残阳的颓废

那些冷血风暴的威逼

那些沉沉漠云的淫威

远方呵

我们唯以一滴鲜血照亮

荒野的哲学　照亮　贫瘠年月里

颓唐的山河与坚硬的眼泪

唯异乡人精选的白发是尘土的典籍

在天地的粗粝中　夹进一缕　人性的妩媚

回忆:昭苏高原

昭苏高原　静夜

月光下　我看见

遍野的露珠晶莹

每一滴露珠都比我有

更璀璨的光明

远远的雪峰高处

通向中亚的古道　缥缈

风吹远云　尘落无声

每一粒尘埃都比我有更古老的辈分

深深山谷底　万树如墨　松果坠落

一种轻微的呻吟声里

每一枚松果都比我有更辽阔的宁静

月过千山　万木如银

一个人守夜而望

看见一只蚂蚁也在门槛上望月

每一只蚂蚁呵都比我有更永恒的光阴

贬　谪

高原　黄昏的沦陷是一次漫长的贬谪

三百里披枷戴镣的云　又被一夜风雨　递解出境

云之外烟之外尘之外呵

乃是唐朝　乃是宋朝　乃是梦境

乃是公元前的寂寥与公元后的空无

乃是血泪中流徙的灵魂

今夜　又有三千只秋虫一夜伏法

喋血成他乡的风景

哦　一生的贬谪起自何处？

一只前不见古人后不见来者的

脚印呵在生死尽头

只等待歧路的认领

怀想一个死去的旧友

一个人　在死者的指甲上

翻山越岭　要走多远

才能抵达一道冰与火的分水岭

一个人　在死者的姓名里

披荆斩棘　要走多远　才能查询到

一粒尘埃的原籍与一声墓鸦的乡音

一个人　深入一张旧底片里的漆黑深渊

摸索往事的轮廓与死去的光线　要走多远呵

才能涉进两潭深深的冰结的眼睛

潜入最深处　摸索出两颗星星的化石

在漆黑的记忆里高举起一屋已故的光明

伤　口

青春年代的伤口　是荆棘的泉口

身体的井口与月亮的酒瓶口

是　诗的火山口与一滴墨水的出海口

伤口是我血的家门口

一朵沙枣花坐在门前梳妆

一只蜘蛛坐在门后刺绣

九月的月光笼罩家门

谁从漆黑之门的深处传出

火焰的咳嗽

伤口是我四肢的村口

一生的梦从那儿远行

一生的魂在那儿还乡

村口上年年作别的钟声都是

岁月刮落的铁锈

伤口是我内心的喉咙口呵

谁的哭谁的笑

谁的吟谁的吼

从里面夜夜传出

一生的遗痛住在最深处

拒绝用火焰向灰烬应酬

租

租一只伤口练习结痂

租一只头脑练习思想

租一堆历史的灰烬练习燃烧

租一条蠹鱼的声带练习呐喊

多少年呵

租来的人生

躯壳是租来的客栈

灵魂是租来的天窗

租一条门槛练习回家

租一条舌头练习歌唱

租一轮月亮练习寂寞

租一朵磷火练习死亡

荒野中的火车

停在黑夜荒野上的火车

是一列溜到月光下散步的烽火台

从前汉史里溜出来

排列成铿锵的汉赋或骈文的经典

而一只寒蛩是从全唐诗里逃出的胡笳呵

把西域的夜鼓吹得何等透明幽怨

而旅人们亮在车窗后的眼都成了

唐边塞诗里佚失的名句了

与千古的明月对仗

被一句汽笛吟唱成璀璨的霜天

领兵北伐的春草

领兵北伐的春草　收复了天涯之后

把第一声春雷颁布成　征兵令　宣读在雪峰上

千山万水间十八岁的阳光呵

都已穿上青草的戎装

一树桃花一树香艳的炮火

收复了　秦时明月汉时关

收复了　祁连雪天山草

一个人黑发与白发间换岗的岁月

也收复了眉宇间小小的忧伤

三千只秘密上膛的野虫呵

突然到处猎杀他乡的月光

春雷啃碎

春雷啃碎

坚壳的残冬后　崩落一地蛐蛐的断牙

每一颗都有着月光的釉质

每一颗都有着乡愁的牙虫

每一颗都有着草汁的光华

而远方　天地之腭上呵

早行的骑影是一颗颗新长出的乳牙

咀嚼着绿意的朦胧与春阳的温暖

遥远的炊烟都是袅袅的

牙医　立在天地之间

为花蕾补牙为树根补牙

为春雷补牙为万物补牙呵

数　学

有一种类似于数学公式的雁阵

在黄昏精于计算

秋霜与白发间的方程

把一个异乡人的泪省略成小数点

在暮色的浩大黑板上板书

长喉的边声　　有一种

类似于数学运算的诡异黄昏

在荒原大漠加上孤烟

是否等于一首唐诗　　暮色减去落日

是否等于一盏油灯　　四舍五入的

远山止把一点孤骑进位成山川的总和

大地是实数旧梦是虚数

正负相峙的生与死　　平衡着一生

初秋的荒野

初秋的荒野

总有一句二句苦口婆心的蚤鸣

劝我的油灯改嫁

劝我的寂寞改嫁

盛夏已死

落日已死

所有的寒蝶都已改嫁给秋光

原配的月亮呵

唯有

十月的星空都是大地的贞操

十月的残花都是露珠的操守

唯有

小小的续弦的秋声呵

在寂寞中娶一匹老马的铜铃铛
在草垛的闺阁旁恣情叮当

剃 须 刀

九月的高原

一只蟋蟀是一把

最小的剃须刀

剃着秋风

剃着秋光

天空的下巴上泛出

茸茸的青光

麦芒与草屑喷射如秋天的短髭

掩覆住地下死者的面庞

九月的高原

一列东归的火车是一把伟大的剃须刀

剃着北方

剃着南方

暮天的长云飘曳如山河的美髯

汽笛声里亮出的锋利的刀刃

剃落八千里他乡的月光

月光下雪白的马鬃

月光下雪白的马鬃

似哲学家冥想的大胡子

纷披在荒沙上

一匹马的思想是远方朦胧的道路

是远方明灭的星光

月光下雪白的马鬃

似艺术家飘逸的提琴弦

低垂在大地上

一粒星光的演奏　　一只蝴蝶的演奏

一棵青草的演奏呵

马的圣曲是牧草的旋律是浮云的合唱

从心脏的提琴盒里取出的生命

领奏出天使的光芒

秋 风 里

秋风里

群狮从天而降

每一弯镰刀上都蜷卧着一匹

黄金的醉狮

天空中纤小的火冶炼着

麦粒的血型与麦穗的光芒

咆哮的红麦海呵

如地下的血压

熊熊爆炸到天上

满地隆隆的熔浆掘进着

通向远方的道路

一滴向太阳飞翔的祭血呵

在东去的路上　渐渐长出

候鸟的翅膀

露　宿

露宿于野

我与天地共枕于

荒草起伏的旷野上

未掖紧的地之角与天之涯呵

我裸露的肩膀是一只蟋蟀

月亮裸露的肩膀是一只蝴蝶

四十年后醒来

半床青春的冷烬

半床时代的浪漫

唯有早年与我同床异梦的月亮

已改嫁给磷光

再无法回信

再无法回信

风没有地址　云没有姓名

落花没有邮箱

再无法回信

缥缈的回声早已写进天之另一端

所有的文字都已沉睡成灰烬

所有的署名都已凋谢成残花

再无法回信

一个人内心的孤独是最小的邮政所

火焰已经关门

灰烬已经下班

再无法回信

青春的背影飘零成遥远的死信

还在尘与血间辗转

而我们生死不详的灵魂

地址不详的人生　还在时空外流浪

再无法回信呵

天堂没有电话号码

地狱没有门牌号码

死亡没有邮政编码

夜磨镰刀

夜磨镰刀

一块磨刀石一块落日的苦胆

青春的血汗饲喂着饥饿的银镰

熠熠镰刃一道冷血的光芒

四周动荡着麦海的火焰

夜磨镰刀

陡峭的磨刀下雷鸣电闪

一滴汗水骑着月亮下山去了

冒烟的月亮呵冒烟的白狮子

千山万水间一条镰刃的血路

上面飞满麦芒的祭火与血滴的祭烟

那么多姓名已在荒原上凋零

那么多姓名已在荒原上凋零

它们已再没有

路的笔画

落日的部首与飞禽的发音

有一种影子没有家谱

有一粒沙子没有生平

有一朵浮云没有原籍

有一朵落花没有年龄

一只春虫在天地之外不断叫着谁的小名

所有的姓名都从墓碑上醒来

用年年清明的苔色追忆自己

青春的年龄

哦　生命　名字有时是树根

有时是飞禽　它们构成的梦的花园

筑在谁的流水上　流水就是家谱

天地之间一瞬盛开的繁华

都是姓名的倒影

有一粒尘埃无儿无女

有一条影子无名无姓

有一个人与他自己一生擦肩而过

有一个人呵是他自己永远的异乡人

在 尽 头

在尽头

风吹衰草烟笼荒丘

黑色的蒺藜凶猛钉死了

垂危的日头　一群刨食的马穿越

空旷的玉米地　飘进天空

薄暮里鲜红迸溅的狗吠声

都是月亮发炎的伤口

在尽头

日影稀薄　魅影浓稠

倒卧的石碑是时间沉重的

眼袋　吊唁着满地的松花与骨头

地下的暗沟裂开成人间的伤口

一只寒虫躲在里面　　哼唱着血泪的骊歌

在尽头

老屋塌陷　字母消失

一条倒流的逝川漫溢过纸页

席卷走一切的花朵与鸟兽

小小的眼镜盒打开一艘倾覆的沉舟

里面水手逃尽　船长失踪

每一个干枯的句号上

都趴着一具寒虫的尸首

夜战麦海之忆

我看见我午夜的汗水

在冰寒的镰刀上闪光

像一条微型星河

一束自我体内迸射而出的线性月光

它照亮我四周圆舞的麦芒与麦粒

上升的伤口与下沉的血光

照亮我迟钝动作里缓缓解体的肉体与心脏

置身于高原黄昏

置身于高原黄昏

宛如置身于一次宫廷政变的

辉煌血灾里

乱山是刀斧手

晚霞是锦衣卫

一句雁声在西风里　声东击西

远方　三十里向日葵绵延成高原上

最古老的御林军　在落日下召开

神的御前会议

远山上秘密组阁的星光呵

已从远天的白杨树梢上喷薄升起

阅读老牧人的脸

阅读　乃有星光陨落

乃有夕阳沉寂

乃有一条路抬起一座高原

葬进他脸中

乃有崎岖的五官与覆雪的额顶

乃有寿斑如一只服丧的黑蝴蝶

飘翔进他五官中

乃有额纹是一条不知起点

不知终点的荆棘路　埋进他

额角中　乃有我沿着这条路走进他

五官的纵深　在眼里借宿

在寿斑里点灯　在唇上听风

俯视鬓角里栖息的星光

正在满头熠熠的白雪里

闪烁如梦　羽化成无边幻舞的雪蝴蝶

向星空腾升

病

小小的枯秸秆的体温计

小小的墓树根的听诊器

小小的圆筒形的注射器

幽灵的医生巡诊在秋风里

大地的低烧呵浓缩成一滴

落日的红水银　沉降进黑夜里

无数落叶飘过如　幽灵的病历

风雨的咳嗽呵

枯枝的病躯

我骨头里寄生的磷火

哪一朵是历史的庸医？

清　明

一闪一闪的银露呀

夜路是谁的长电筒

照明着一群又一群

归乡的磷光

给夜路换电池的月亮呀

想起草根是腐火的小电池

白骨是冷萤的大电池呵

四十年谁还在以泪与血

不断充电给死亡

凭 吊

在凭吊落日遗容的地方

一棵白杨树把一只寒鸦佩戴成黑纱

默立成秋光

在凭吊残月遗容的地方

一湖芦花把一只秋雁佩戴成黑纱

默立成苍茫

在凭吊自己影子的地方

一盏孤灯把无边的黑暗佩戴成黑纱

默哀成诗行

在生命凭吊自己灵魂的地方

有一首诗是灵魂的遗容

供尘埃瞻仰　供蠹鱼瞻仰

我早生的寿斑是分发给岁月的黑纱

供尘土或蝴蝶戴上

西部明月

西部明月

月之精魂

独立于荒野深处

唯渴望用月光

简化自己的一生

而今夜又是四月　　又见

油菜花汹涌蜂蝶汹涌

桃花汹涌　　欲望与色彩汹涌

两难于月之高远与尘之斑斓

坐看天涯尽头都是尘

一群尘携另一群尘嚣起

就是人间

一粒尘偕另一粒尘静落

就是人生

箍 酒 桶

荒野　箍桶匠般的一群野虫

每夜把星空箍成一只　最伟大的酒桶

里面酿满了　草露　月　烟与风

一个偷饮世界的人

一个偷饮岁月的人

每晚用笔尖在酒桶上戳一个小孔　偷饮梦

哦　汩汩流逝的雁声

汩汩流逝的星河

汩汩流逝的黑夜　泪血与岁月呵

四十年了还未流空

而他知道　在更深的黑暗里

在地下　有人用磷光在酒桶上也戳了一个

更大的洞　与他抢岁月喝

抢人间喝　抢生死喝

抢梦喝　一半的酒流入天堂

一半的酒流入地狱

而他还在自己小小的悲欢里　喝无限的空

一树桃花

树立成青玉的酒杯

树在自己的酡颜里醉酒

花是爬满树身的酗酒者

是睡满枝丫的醉徒

熊熊的醉熠熠的醉沸喊的醉呵

把四月的桃花

醉成十里百里

声色的大火

根在黑暗里清理

四月的门户

而千朵万朵大醉的酒徒

已被一夜风雨

千树万树地搀走

八月秋风

八月秋风

吹起我颅顶白发如吹起

杜甫茅屋顶上的　三重茅

茅飞渡江呵洒江郊

有一根飘落进杜工部全集

有一根飘落进浣花溪草堂

有一根飘落在我

遥远西部荒原的小屋旁

而我内心的茅屋早已为

秋风所破　四十年

我内心的颓屋里只有

秋风是门　明月是窗

寒虫是锁　蛛网是床

只有肝胆的家具上覆满生存的尘土

只有小小的旧梦是　最坚硬的残存的书桌

上面几朵凋残的野花都是

杜甫永远吹不灭的叹息

唯美而芬芳

所谓回忆

所谓回忆

就是一滴泪斜靠着另一滴泪

在我脸上睡去

睡去的泪水是五官间的

江湖　盈盈涟漪里长出

白发的水草　等待一名夜渡者

把我早生的寿斑解开成黑舟

划回血汐里

所谓回忆

就是一滴泪唤醒另一滴泪

在我脸上斟酌　悼念往昔的诗句

泪的修辞是一滴血的汽化或

一颗心的蒸汽　照亮

午夜的脸是无人夜宿的荒滩

只有白发如成群的白鹭啸叫着

向生命之外的星宇集群飞去

结账的黄昏

结账的黄昏

谁又向荒莽的远山

支付了一轮大面额的日轮

点点牧影呵点点秋风的零钞

点点蹄声呵点点锈绿的铜币声

山河的账目正错综成浩远的人生

一个人正用滴乡泪结算雁声

大面额的山河呵小面额的人生

泥屋中初燃的油灯是那人

最温暖的储蓄所

储蓄进他血的余火与

泪的余温　唯准备用

一缕暮烟兑换星辰

落日是本金

磷火是利息

小小几句虫声是秋天

最后的余额

还用梦幻般的点数声　盘点苍生

草　原

满野的虫鸣

其实那是满野的唐诗

我踏响其中一首走进

盛唐的卷帙　目击

一匹白马在李白的虬髯里吃草

一棵草在王昌龄的白发里

返绿　一轮落日

坐在王维的长河边写诗

飘来飘去的野蝶呀

都是逃逸的灵感

而我是归乡的感叹号止走向

前生的大诗

走进一句虫鸣里

颜真卿的小楷

走进一朵水云里　张旭的草体

生　意　经

早年　　荒原深处

我曾租用几朵云的摊位

经营我诗歌的　　梦幻生意

四周

一轮落日在经营它的黄金生意

一堆浮云在经营它的皮货生意

一股烟柱在经营它的烟草生意

一场风暴在经营它的军火生意

一群乌鸦在经营它的徽墨生意

一只蜥蜴在经营它的印章生意

多少年啊天堂亏损地狱暴利

一条道路把多少脚印透支成蜃气

唯有血与泪的账目啊

平衡在我一生的白发里

而如今　我唯用余生

经营我灵魂的古董生意

摩挲记忆的铜锈　考证脚印的遗迹

还每夜潜进我内心的墓地深处

盗挖语言的奇迹

月落荒山

月落荒山　清辉无声

远人与远马是两粒

空茫中溅起的最小微尘

一缕长河从袖口上掸落几粒

鸟痕　一缕暮烟从袖口上掸落几粒

蹄声　一朵磷火从袖口上掸落几粒　灰尘

冥想的时辰　闭目的时辰

一个孤独的灵魂正无语归去

追随一粒无主的尘土

剪子嚓嚓的风声

剪子嚓嚓的虫声

剪子嚓嚓的草声

今夜又剃度一轮秋月

为僧　在每一滴寒露里

藏一滴清癯的遗容

西部高原

西部高原

幻灭的骑队已消逝于永远的尘土中

一支穿越蜃楼的幽灵大军

已消隐进层层峰峦的典籍中

落日依然如铠甲

静静卸下　血浸的沉重

千山万水间冲天的晚霞

依然悲焚如马鬃　指向

历史的遗踪

只有年年呵

山脚下怒放的野菊花是一朵朵

汗血马的胚胎　蜷曲于

蓝天的子宫中　梦见

九月的幽香冲天成

满天怨妇的脂粉

只有年年呵

解甲归田的磷火

还在更远的荒原里

耕烟耕尘耕梦

耕天地之虚呵

耕生死之空

蛋壳碎片

巴仑台高原

那晚　我听见

宇宙在一卵落日里的出壳声

竟那么灼热醉人

满野的晚云　牧群

归骑与毡房呵

都是宇宙的蛋壳碎片

闪烁如梦

碎了又碎的天地呵

碎了又碎的山河

碎了又碎的落日呵

碎了又碎的黄昏

今晚必有一张书桌是

其中的一块蛋壳碎片

上面粘一滴残霞的蛋黄

粘一滴泪的蛋清

今晚必有一张单人床是

其中的一块蛋壳碎片

上面粘一滴油灯的蛋黄

粘一滴月亮的蛋清

永远像蛋壳碎片一样在

天地间漂流呵　永远像蛋壳碎片一样在生死间

漂流呵　碎了又碎的孤独

碎了又碎的寂寞

碎了又碎的旧梦

碎了又碎的灵魂

搭　乘

一个人　在西部

曾搭乘千古名句穿越河西走廊

在汉朝与唐朝间换车

雪山上升起的明月是李白的车站

一个人在西部

曾搭乘自己血泪的影子　穿越生命的河山

在白发与黑发间换车

小小油灯里中转的蝴蝶　冷萤　落花　泪滴呵

都已在灰烬里出站

哦　一根白发一截星星的枕木

一道伤口一个负重的行囊

一只足底硬茧一节坐满炼火的

硬座车厢　一颗候鸟心脏一扇

敞开向沧海与浮云的软卧车窗　哦　一生

上车下车的文字都已星散于何方

一个人曾搭乘自己空洞的躯壳

穿越灵魂的异乡

轮声与雁声间换车的记忆呵

血光与磷光间出轨的人生呵

哪一片枯叶是生命的信号旗

还在虚无中飞翔

我进入记忆

我进入记忆

要打开五把

秘密的锈锁

第一把锈锁是落穗

第二把锈锁是暮鸦

第三把锈锁是寒蛩

第四把锈锁是落日

最后一把

是幻灭的墓碑

一个记不清旧址的人

被地下的蔓草锁住

黑夜的窗帘呵拉紧了

醒着的磷火

霜

荒野　窗上的霜花

在星河沉降的灿烂之夜

秘密降临　稍迟于灯灭

稍早于黎明

霜是

异乡人在漂泊之所收到的李白的来信

那么纯粹的　月光的修辞与星光的语法

在恶浊的年代　几近圣明

我从来没有给唐朝或李白　回过信

那么多匿名的岁月已经过去

我漆黑的名字　早已深埋在灰烬的遗址中

冬夜写作

在冬夜 我看见

一个字搂紧自己的笔画取暖

一行诗搂紧自己的修辞取暖

一盏灯搂紧自己的光芒取暖

一滴血搂紧自己的伤口取暖

在冬夜

我看见

灯是蝴蝶的篝火

血是红豆的篝火

心是四肢的篝火

人是思想的篝火呵

在冬夜

我看见一个缓慢自焚的人

搂紧自己一点点
残存的诗　取暖

中 秋 夜

中秋夜

我如何用一滴烈酒

镇压住满床暴动的月光

如何把啸叫的月焰

诱哄成婉约的清唱

如何把漫天怒月

引渡回唐朝

用一句李白的名句

把它诱哄成霜

如何把恣意的月光

妩媚的月光呵劝诱成

守身如玉的新娘

嫁给我今夜的诗章

与我同床的月光呵
与我复婚的月光
把我星焰缠绕的墨瓶
温柔成梦的洞房

在 远 方

远方　在古老的鹰翅下

狼烟们都到古边塞诗里考古去了

烽火台是被候鸟们一翼一翼扇灭的黑烟斗

一匹一匹汗血马蒸发到天上

化成千古漂流的血色古谣

远方　在古老的鹰翅下

雪峰的光　是汉代以来的祭烛犹在燃烧

大漠与孤烟还在构思王维的名篇

秋寒与明月还在结晶李白的银霜

每一轮落日都是出塞的将军

骑着千山万水　发出灿烂的仰啸

大 白 菜

月光下

风姿绰约的大白菜

冰清玉洁的大白菜

丰肌柔骨的大白菜呵

一块菜田一座秋天的后花园

一座月亮的后宫

宿满　叶绿素的美女与粗纤维的娇娘

而我与大白菜间的绯闻

乃由几只蝴蝶道出

由几朵油菜花流传

炉火的花烛夜

我的味蕾娶一棵大白菜归去

一锅沸水中吹吹打打的唢呐

几块盐巴们荣升成味蕾们的证婚人

一只胃囊乃布置成用油星装修

用胆火照明的　青春年代的清寒的洞房

千山之枷

高原静夜　靠山之枷铐住

苍茫的时刻　明月与我连坐在一首

唐诗里　囚成古今

漂泊是另一种假释

孤独是另一种软禁

记忆是另一种株连

归乡是另一种放风

西天尽头断尽线索的雁声呵

是谁的口供　一笔一画笔录进

千古的苍凉里　又誊抄进一个异乡人的额纹中

升堂的黑夜呵升堂的磷火

夜夜审讯着一个人的死与生

白发招供　黑发翻供

旧伤招供　新伤翻供

生死尘途上无尽漂泊的记忆呵

都是泪光与血光间的聚讼

赦　免

高原　群雁的东归源于一次伟大的赦免

千山万水间一轮登基的夕阳

又御批了三千只寒雁

一夜归乡

苍茫天空下　向西　向东

都是从磷火里孵出的　名字与翅膀

一个人内心流徙三千里

躯壳在东　灵魂在西

月光下满头戴孝的白发

在秋风里为谁奔丧

同是天涯沦落人的一只雁呵

又在荒山野水之外

与一个人邂逅在灵魂的异乡

写家书时

写家书时

墨水是一滴

江南的檐雨

信纸是一朵边地的浮云

笔底的声音是一列

在尘土里赶路的夜行人

穿越桌上的山河　与纸上的烟云

写家书时

署名是一行款款飞翔的雁群

日期是一朵萧然飘坠的青苹

油灯是一蕊乍放的红荷

花瓣上栖落的两滴露珠

是我泪雾氤氲的眼睛

夕 阳

在西部　我认识一种

嗜赌成性的夕阳

出手阔绰地豪赌着　金银与绸缎

把秋草输给古意

把残晖输给月光

把蹄声洗成千古的牌局

轮番出牌在大地上

在西部　我认识一种

守法经营的夕阳

小心翼翼地零售着

野虫的叫声与镀金的夕光

把晚归的骑影纳成山河的税

交给月亮

而一只秋虫的叫声里
夕阳突然破产
倒闭的暮色里已布满
打烊的牛羊

失　眠

一夜　谁寄居于我体内

走动　跺脚　思考

我被我自己暴动的神经占领

被我自己起义的血沸烧

床审问四肢

太阳穴呵在我无边的枕头上号叫

鼾 声

到了夜晚

鼾声便从他床头爬下

去黑夜的墙缝里觅食

它知道在远方

蓝色的黑暗是它秘密的水源

幽燃的磷火是它充饥的口粮

而在更困顿的劳累里

觅食的鼾声爬过一轮轮倾颓的月亮

寻找旧梦的残食与苔藓的余粮

听剥落的钟声是它一句句幽蓝的叹息

飘坠的墓花是它一只只萎缩的胃囊

挤　奶

在青春饥馑的年代

我曾潜进荒原深处挤奶

累累下坠的云朵的乳房呵

为我分泌着诗与幻想

十万朵沙枣花如金黄乳晕

一瞬开放

一只墨瓶一头微型的黑奶牛呵

一盏油灯一头小小的金奶牛呵

一轮明月一头缥缈的银奶牛呵

白纸与镜子与窗框

都是我不断迁徙的牧场

生与死是我打翻在人间的两只奶桶

从里面汩汩流淌出十六年的

我青春年代的苦难营养

秋暮的荒野

秋暮的荒野是一卷

寂寞的古著

云是烟的署名

天是地的页码

蝇头小楷般的一行骑影

写到天边　宛如一行人间的眉批

写进古典的夕阳

远山呵折叠起一角嶙峋的书角

古道呵潦草如一行颓唐的笔画

墓碑呵兀耸如一块生死的镇纸

压住风起云涌

压住地老天荒

文言文的蛩声

还在寻找白话文的霜发

当他开口

当他开口

从他乡音中会漏出一句两句

南腔北调的雁声

舌头就软成一片

藏有雁翅的云　在生命内部氤氲

当他开口

从他乡音中会飘出一缕两缕

沙枣花的遗香

漏出一句两句边地的风声

声带就会摇曳成

玉门关外青青的柳枝　低垂向不朽的波纹

当他开口

从他乡音中就会潺潺不断地流出一条

遥远的内陆河呵清澈见底

死去的波光树影在里面

复活　大群水鸟冲起

心是埋在激流深处的卵石

聆听血泪的逝水上

野渡无人呵舟自横

空 信 箱

十二年了

我再没有收到过一封家书

我门前的空信箱

已成为月亮的骨灰盒

成为一块　日与月的木化石

我有时打开它　就像打开自己的左心室

诊断出里面　秘密循环的尘土与影子

已经有点梗塞

我有时关紧它　就像关紧自己内心的禁闭室

囚一颗泪在里面让它反省

海的沦陷与雁的渎职

哦我已十二年没有收到一封家书了

我门前的空信箱已沦为一只

内心云游者的　化缘之钵

一只关有虹之艳尸与海之骨骸的标本盒

秋　草

日暮之后　我又听见一队

寒窣的秋草　自古诗词里开拔

向西北远征

戎装的秋草呵现役的秋草

到处围剿落日　攻击

异乡人的脚与乡愁者的眼睛

而我又听见那队秋草涉渡进我

浅浅的额纹里行军

我额纹乃是一条

月光汹涌的界河

飞溅出雁唳与虫鸣

涉渡的秋草呵强攻的秋草

占领我颅顶换防成白发

俯视　失守的五官里布满

沦陷的秋声

白发是另一种秋草

在生命的界河外

只等候死亡的口令

苇　花

秋天　那飘忽如雪的苇花

像是被时间之镰刈下来的逝者的白发

还在一首挽歌的上游静静飘长

像是由秋风积攒起来的无边的碎银呵

还在筹集月亮的盘缠

供一滴乡泪还乡

供一群墓碑还乡

供一地磷火还乡呵

回忆:冬夜里烤土豆的香

冬夜　烤土豆的香气袅袅成一缕缕

透明的　细腰美女　引诱我的味蕾

集体私奔　逃出口腔与香味　姘居在

红色炭烬的香巢里

黑屋中炎炎的炭火呵

是土豆的情书

是味蕾的婚誓呀

而袅袅的香味弥溢成一宗

何等著名的风流事件

四十年后土豆与味蕾的私生子

乃是我今夜一个个写下的单字

还遗传有另一种生存的意义

雷 电 夜

雷电夜　天空的瓦脊上踩过大盗的靴声

天空被一层层揭光了　青铜瓦片

掷进狼群的火种

雷电夜　我沿着一根油灯芯的救火梯爬进

天空　用一瓶墨水去灭火　目击

紫焰的雷火战栗成一只　无边的青铜大蝴蝶

静静熄灭进我一滴墨水中

品　尝

在塔里木

我曾品尝过一棵金胡杨上熊熊烧烤的黄昏

千里夕光的火候里

一块滋滋冒油的落日

滴着宇宙的卡路里　滴着焦香的光轮

在西天山深处

我曾品尝过细雪里　小葱拌豆腐的星空

那种宇宙的香　那种玉的嫩

那种喧嚣尘世里非尘世的晚餐

那种神的点心

我还曾品尝过

一壶落日里浓酽的秋气与金露

一盅涧月里缠绵的雾气与鱼声

一缕孤烟上神思袅袅的原味

一粒沙子里天荒地老的夹生

哦多少年呵多少年

而我已只剩下

一副小小笔架的烧烤架呵

烧烤着内心

一缕焦香穿越我躯壳穿越我文字

抵达我灵魂　蓦然回首

依旧是梦吃着梦

尘吃着尘　幻吃着幻　空吃着空

听一位草原马头琴手演奏

一匹马葬在他掌心里

一片草原浓缩在他手掌中

一条河流蜿蜒在他指甲上

他拉琴

他掀开他身体的毡房门跨出来

邀我远游　　他的鬈丝是他琴弓上飞翔的鬃毛

他的指甲是他血肉里神奇的马鞍

我的耳朵骑在上面

我的梦骑在上面

穿越他臂弯间疯长的青草与澎湃的月光

他拉琴　　他掀开他心室的毡房帘邀我进去入座

左心室里荧荧的高烛叫情歌

右心室里温温的陈酒叫哀歌

而他已把那匹名叫马头琴的

马　从他血肉最深处的大草原里

牵出来　永远拴牢在我心灵的马桩上

偷

偷白发　偷脚印　偷咳嗽

漆黑的荒原夜黑暗偷我

把我的寒灯像一只钱包

兜底翻过来　偷走了全部的睡眠

鸡啼声是蟊贼们的脚印

一路烙进云头

偷哈欠　偷影子　偷忧愁

漆黑的孤独夜天地偷我

把我的背影像一只黑口袋

兜底翻过来　倒空全部的血温与伤口

塞进纸篓

而一个与岁月同流合污的人呵

一个与天地同流合污的人

也在偷自己

左眼偷右眼

右手偷左手

躯壳偷灵魂

记忆偷伤口

蚂蚁搬家的黄昏

谁的磷火在向黑暗报案

把一场黄粱大梦指证为

人间的贼手

初春一瞥

三月　黥面的荒野

远山匍匐如铁色的死囚

招供着残雪的余光

偶然有放风的野草从地下钻出

暴晒着最初的阳光

偶然有探监的蝴蝶撑一柄

斑斓的小伞飞来　把云影梳成髻

把花粉提成秘密的行囊

山河沉重如枷

八百里起义的春色

暴狱在一朵小花上

融　雪

那些滴答在屋檐上的残雪

像是被太阳砸碎的冬天的镣铐

放一千只树枝的手腕

冲出来　把天高举到一朵花上

天　新鲜成一坛酒了　被一千只虚构的鸟翼酿出来

在我眼睛的酒窖里秘藏

大醉的荒原呵大醉的三月

一朵酡颜的野花醉卧在落日里

向我喷吐出狂野的芬芳

侦　缉

有一种　秋天对我的侦缉

派遣出寒霜　明月与落叶构成

唐朝的间谍网

它们把大漠孤烟架设成秘密天线

把古道马蹄拍发成加密的电报

寒意呵是西风派遣进我

骨缝深处蛰伏的间谍呀

窃取我脉搏的暗码与血温的情报

我的心律已被西风破译成凋零的虫声了

只有伤口里不肯泄密的遗痛

已被阳光渐渐拷问成血光

乡　愁

秋风夜

寒蛩与孤雁的口角

又吵醒了我的乡愁

我的乡愁穿上一滴

泪水的单衣裳

立在一行诗句的门槛上远眺

唐宋的月光

太瘦太瘦的乡愁呵

是一朵菊花的遗孀

我笔尖一滴血是她　望乡的灯笼

我眼角一滴泪是她　清秀的面庞

山荒水寒的青春呵

一只野虫劝我的乡愁改嫁

而酒杯里抱病不起的诗句

已断尽江南的柔肠

列车驰经河西走廊

列车驰经河西走廊

宛如驰经一卷伟大的 唐边塞诗集

李白是车站岑参是车站

王昌龄是车站高适是车站

站与站之间的距离名叫千古

站与站之间的车时名叫永恒

朝发夕至的长风与雁群

运送过多少霜月白发与斜阳

有一缕王维的孤烟是最瘦的扳道工

有一朵岑参的梨花雪是最浪漫的车窗

有一卷王昌龄的青海长云是

最不朽的 列车运行图

有一支王之涣的羌笛是最微型的

时空车厢

我早年搭乘的火车曾

深深驰入唐边塞诗深处

在月亮内部停车　上车下车的旧梦都已

漂流往远方　在雁翅上夜宿的乡泪

在叶脉里赶路的白发呵

仰望　李白的明月升起最伟大的候车大厅

等我在东方

一生的梦幻还在那里疾驰

唐朝的终点在哪里

唐边塞诗的终点站在哪里

玉门关外的柳丝依然垂悬缕缕诗笔

蘸万古的苍凉写梦中河山

托克逊干沟

托克逊干沟　一册

由乱山精选由怪石编撰

由炼火套色由地球出版的

《李贺诗集》　西天荒云

还在千山之上摊晾着一千页

李贺原稿的真迹

佶屈聱牙的干沟呵宛如李贺留下的

搜尽天下诡思的　枯肠

还在搜落日　搜怪石

搜晦涩　搜鬼气　搜天下的奇句

而今晚　一个偶经此处的人呵

仿佛一千年前就被李贺

构思进这首　干沟里

成为一个时空的隐喻

那被乱山驮着的落日

是一只塞满李贺佚诗的诗囊呵

还在滴沥着熊熊沸喊了一千年的

烛天的胆血

他对往事的思考

他对往事的思考深藏在一卷

日记里　就像一个谜面

永难揣测它幽邃的谜底

他翻动日记　纸页沙沙飘响如苍老的耳语

上苍的残阳垂布下无边燃烧的巫语

他深入其中　像一个考古者

寻找葬满向日葵与白马的墓地

他午夜的脑海暗潮四起

而在他幽暗如漆的脑海

深葬着海盗的珍宝与帝王的龙旗

我们返乡者

我们返乡者

从耳穴里挖出汽笛的骨灰

从鞋洞里掏出风干的夕阳

从流水中取出月亮的木梳

从镜子里取出虚无的水罐

遥远的铁轨是一根

从我们脚掌拔出的刺

沾满青春之伤

我们返乡者

远方呵是石头的火焰

是漠云的木乃伊

是残阳的炉渣

回首间　盛大的磷火正从荆棘丛里

升起　欢迎我们如天堂的礼花

我们返乡者

侥幸于一条影子的生还

静听南方的檐雨下

梦魇对枕头的追捕

白发对黑发的审判

高木车轮

西部高原

道路展开如剖开的巨树

一只只高木车轮如巨大的年轮

直立起来 集群逃向远方

那轮落日也是其中的一只呵

滴着浓艳的鲜血

从我额纹的小路里逃走

高原敞开如苍皱的树皮

多少血与泪与旧歌

如千年的树浆也已从中流走

两地书（赠妻）

从一九九五到一九九七

我们三年间通过的书信

还保存在我小小的抽屉里

那是我们最后一片

内心的自然保护区

我常常深入进去垂钓小憩

观赏那里林木扶疏的往事与落花

聆听内心中一片碧绿的梦幻鸟啼

我白发常如一匹一匹瘦长的白鹤

飞进最深处长唳

还在那儿觅偶产卵

孵化出一窝窝新的叹息

原生态的寂寞啊原生态的旧梦

原生态的岁月啊原生态的记忆

每一封信末我们的署名

都是小小的环境监测站

每晚有一个巡查的梦走出来

穿越墨痕交织的小溪上溯时空的水系

不容岁月污染我们的记忆

小小的清澈的孤独里

我们的影子是日月喂养的

透明的鱼

余生的日子

余生的日子

是借来的日子

租来的日子

赊来的日子

偷来的日子

是我供养的日子

我凭吊的日子

我瞻望的日子

我抚恤的日子

是仇家般

从我伤口里呼啸而过

继续打家劫舍的日子

是狱卒般

枯坐在我内心的囚室里

哼着囚歌等待一个

越狱者归来自首的日子

是苔的日子云的日子

铁锈的日子　　日子们窝赃的日子

是旧衣衫般

从我的生与死之间脱下来

折叠成褴褛的天与地的日子

是我把那旧衣衫

随手搭在我亲友墓碑的椅背上

等待秋风再来

缝补几块最后的小补丁的日子呵

写给母亲

那年我从我母亲眼里偷走一滴

眼泪制造了一条河流

月光下暴涨的河流突然

风急浪高掀翻我一叶

溯源而上的孤舟

那年我从我母亲额前偷走一条

额纹制造了一群山沟

我在那群大山沟里

跋山涉水翻越年月

看见远处有磷火的樵夫在唱

幽暗的沟底葬满

太阳的碎尸与猛兽的骨头

那年我从我母亲手背上偷走了

一块黑斑制造了一次日食

黑的神灵篡改了旭日的光谱

无穷的黑呵裂变出太阳的能量

夜的碎片里飘满雏菊针线瓷碗与星斗

那年我从我母亲的遗痛里偷走一个伤口

制造了一个洞穴

我躲藏在里面用书本火种与梦

遮盖住洞口

一个幽邃如生命的山洞呵

诗是里面唯一的钟乳石

滴坠着七色的光

变幻着我生命中唯一的小宇宙

第三辑

大美新疆

阅读远村

雪山下　远远

一个骑马人是一粒

信马由缰的　词

被浮云与地平线

注释在　北方

字正腔圆的马蹄声

正对仗　南腔北调的

雁唱

落日下的远村

无人检索的　静与无

无人借阅的

美与 荒

落日是部首

狗吠声是笔画

尘土是内容

人是 偏旁

观　棋

落日自迷于旷野的棋局

一匹孤骑如　棋子

对弈着　雪山与长河的

万古荒寒

寂寂复寂寂的那匹

孤骑呵　过河卒子般

拱在　山与河的

大棋盘上

四周的云

垂袖而立

无语　观棋

唯　拂袖而去的残阳呵

又把一盘人间

输给了黑夜　暮鸦　磷火与

星光

天山的戏谑

绵延雪山上

一万只炫美的野孔雀开屏成

锦绣晚霞

妙龄的晚霞

正求偶

春天的　雪山

嫁给晚霞的那匹　雪白幼马呵

又被一个牧马人　牵着　牵着

远嫁给了　苍茫

落日的红地毯上

满天雪山都是

富甲天下的

白银的　嫁妆

游 牧 者

慵懒的骑马人
在雪山的羊圈里游牧着
慵懒的云

慵懒的雪山
在天空的羊圈里游牧着
慵懒的星

谁游牧谁
十分之八的空旷游牧着
十分之十的宁静

一个异乡人

偶然经过　远眺着

人与云与尘与星之间的

互相游牧

谁是真正的

路过之云

一群壁画家

一群壁画家

立成雪山上空的

火烧云　熊熊作画

七星瓢虫打开微型的蜡笔盒

一滴雪水在里面临摹

米罗的　画卷

红狐狸悄无声息地穿行在

茂密的　野果林里

被紫叶　青果与霜月

突然装饰成一只　幻美的

水粉盒

伊犁河谷　　蓝色雪水里流淌着无数

颜料　　线条　　色块与图案

从河水里打捞上来的　　晚霞与火烧云

都是　　宇宙捐献给地球的

梦幻　　美术馆

天山中, 听老阿肯弹琴

细雪自你指甲尖上迸飞时

我清晰看见　清澈见底的琴弦里有

云朵与蓝色雪水　集群游过

一只水鸟飞离你指尖

衔着一颗野果与一枚

落日

筑巢进我　心窝

雪山上

千古的积雪呵在你指尖融化

万古的草莓呵在你音符里　香熟

蓝色冰川在你　银白的长须里

泫然　融化

隔一根琴弦
月亮蜷卧在你手掌心里
静静
蜕壳

巴里坤军马场,夜听落叶

迷失于东天山连天的秋草里

我很晚才回到自己的

木屋中

那夜　第一批秋叶开始飘零

落叶很轻　却一次次敲碎我的

梦境

那是　我第一根白发出壳的声音

我第一滴泪水结晶的声音

我第一个伤口坼裂的声音

我第一场梦孵化的声音

我第一个词丰满羽化的

声音

无边落叶下覆盖的星球呵
布满了　落叶碰撞落叶的声音
落叶击碎季节的声音
落叶挤入梦境的声音
落叶撞陷孤独的声音
落叶重塑　世界的声音

血的声音　梦的声音
生的声音　死的声音
地球嘎吱旋转的声音
宇宙空洞旋转的
伟大声音呵

每一片落叶都是我
凡俗的　肉身

布尔津河:老虎

落日俯身在布尔津河里饮水
斑斓如一头　血色猛虎

而一侧　千山万水后埋伏的
夜　是黑衣的
打虎人

双方没有动静

长河里　不断流逝着
老虎的斑斓老虎的腥臊老虎的火焰老虎的
血液老虎的皮毛老虎的骨骼老虎的唾液与老虎的
仰啸呵

天地没有动静

布尔津河边　黄昏的宁静是

老虎呼吸的静　老虎蹑行的静

老虎潜伏的静　老虎捕杀的静

老虎饮水的静　老虎饕餮的静与

老虎饱食后的　静

老虎潜游进　星河

老虎飞翔入　苍穹

老虎溶解进　永恒

老虎长啸于　宇宙

老虎消失于　梦境

打虎者　何在？

布尔津不是　景阳冈

宇宙没有

武松

聆听黄昏

在西部　聆听黄昏

聆听日潮咆哮的声音

那是落日决堤的声音

烟囱呛水的声音

石头汽化的声音

树根自焚的声音

马蹄铁飞过森林与外星系的声音

一只蝴蝶艰难结晶成钻石的声音

老虎喝肉汤的声音

那是黑屋里

一根飘落的白发

灭顶的声音

那是书桌边
一只伤口艰难划过
光之激流的声音

那是一张白纸里
字与词互相暗恋
互相击撞　共同裂变的
声音

那是一个人与一个世界
同时蜕壳的
声音呵

西部之夜

寂静空运着

鸟声　正是午夜

还有骑影从深草丛里

悄然而过

狐狸的隐蔽火焰

草叶上的风痕

沙土上的蚂蚁

时间的　蛛丝马迹

一滴露珠

打开微型的　隧道出口

有浩瀚的草香与　星空

从里面　蜿蜒驰出

黑色的山脉　雪色的星空

光的旋涡

一匹马在谷仓后

吃草　静极的蜂群

光的粒子在浮尘中　轻轻击撞

九月塞外

九月　塞外

西风浩荡

每一弯镰刃上都直立一匹

透明的老虎

仰啸出　秋气的苍茫

天空中满布细小的炼火

喷涌出　太阳的血压与

泪血的熔浆

一个每晚躲进葵花籽里避难的

人呵　听见

千山万水间空降的白霜

都是　奔丧的月光

山 中

雉鸡求偶的月夜

山谷深草丛里溢满

野罂粟的　暗香

玄而禅的小朵云

在　雪线上表演着

诡异的　幻象

一个骑马人走在覆满蒲公英的斜坡上

尾随他的紫蝴蝶　簪在他的

鬈发上

山中不知甲子年

只知道　晚有星空莲子羹

早有晨曦菊花茶

风　景

蓝色的天空溶解在雪水里

它过滤　黄昏

在残雪的山崖上　一匹孤马的尾巴

垂钓着宁静

牛羊的倦眼低回于地面

野蜂群的嗡嗡声尖厉可闻

被马尾垂钓起的星星

小心翼翼点亮　草丛里成群梦游的

金黄萤火虫

西天山雪霁

西天山　雪霁

白玉雕琢在幻中

冰清玉洁的雪山对称着珠光宝气的星空

雪孔雀的开屏　苹果花的冰雕
无边无际的海拔之世袭与
雪域之空灵

雪山脚下无语默立着一个
黑衣骑马人

雪域的风吹来地球初创期的孤寒

吹来　世界襁褓期的

梦境

大风横贯今古

横贯　生死

无始

无终

殇

九月之暮

巴伦台秋野

残阳高烧　蟾蜍呻吟

寒虫梦呓　霜草寒战

远远只有一列火车

在针灸　残阳

村庄的炊烟都是

袅袅婷婷的

纤腰之　护士

巡诊在　家家的屋顶上

大地的寂静呵是那么凄美的疾病

一句狗吠治愈了宁静

一声驴叫治愈了村庄

一片向日葵海治愈了荒寒

一只磷火呵治愈了死亡

喀拉峻:无人之地

喀拉峻　无人之地

松树是最小的野庙

断崖是最瘦的高僧

苔藓是最斑斓的袈裟

浮雪是最老的禅宗

野蘑菇散落一地

是　刚刚剃度完后修行的

小僧

偶然远眺　东南西北风中

偶然飞来一只

妖艳妩媚的

俗蝴蝶

俗意在地　禅趣在天
刹那的雪水洼里有
产卵的蜻蜓　如西部的春心
粲然一动

西部的算术

西部的算术　无非是

天苍苍减去　野茫茫

或者　野茫茫加上

天苍苍

答案永远是一匹马

被地平线进位在

落日旁

天边静飞的雁行呵

是谁的　小数点

以虚线的幻　延续着

空无与苍茫

四舍五入的地平线

只把一代代人　进位成

野花　浮云　尘土与野唱

雷 电 夜

一群木匠　在天上
锯着云朵　钉着雪线　刨着群山
加工　秋天

有时　掉下一只锤子：
一道闪电　被虫子们捡走
去钉雨滴

有时　坠下一只刨子：
一朵黑云　被一根烟囱接住
去刨荒原

有时　跌下半把锯子：

半条枯树根

被蚂蚁扛走

去锯　失火的地平线

呵呵　天空中整整掉下大半个

宇宙的木工作坊呵　被我借走

我一直躲在里面

加工语言

用闪电钉牢影子

用雨云刨平道路

用树根锯掉深渊呵　只为了翻新一只

内心的旧衣柜　可以挂我

被天地穿破的

旧诗篇

问

当远山上发表满火烧云的杰作

那首落日的作者是谁?

那首彩云的作者是谁?

那篇晚霞的版权属谁?

那篇白毡房的版权属谁?

当雪山下发表满野蝴蝶的名作

那长唳的寒雁是谁的七绝?

那浩荡的雪山大峡谷是谁的长赋?

那残晖下的孤骑是谁的《满江红》?

那松林里的花蘑菇是谁的小令?

常想问　闪电的笔画留下谁的真迹?

孤烟的字迹留下谁的签名？

树根的苍劲书法留下谁的句式？

石头的幽邃哲思留下谁的笔名？

常想问　那雪水河里的黑蝌蚪是谁的墨宝？

那深山里的松果是谁的逗号？

那老胡杨树身上的蝎子是谁的笔误？

那芨芨草丛里的野雉是谁的孤本？

一点远去的骑影为什么成为　天地的外一首？

一朵飘落在锈蹄铁上的桃花为什么成为　美学的另一章？

古道为什么在胡杨林尽头　另起一行？

满溢的奶桶为什么在月下毡房边　诗情激荡？

天是地的上册还是

地是天的译文？

山是沙子的原著还是

沙子是山的诠释？

为什么八股文般的荒山总是互相抄袭？

为什么云与云的冗长故事总是不分段落？

为什么雪山总是野草莓的巨著？

为什么海拔总是兀鹰的原稿？

为什么彩虹总是雨滴的灵感？

为什么雪线总是天地的分行？

我大段大段摘录火烧云是否属于　抄袭？

我的背影被月光誊写　是否属于剽窃？

我与起点合著的终点是否允许

道路与尘土联合签名？

呵　秋雨是否也会与白发押韵？

火车是否也会直奔主题？

雷电是否也会下笔千言？

死亡是否也会一目千行？

呵　落花是否也会编辑流水？

灰烬是否也会编辑火焰？

尘土的编辑部是一朵玫瑰？

黑暗的主编是一朵磷光？

为什么天地的大苍茫与我的小苍茫如此首尾呼应？

为什么生死的大构思与我的小构思如此结构雷同？

我在尘土里的起承转合是否就是人间？

我在影子里的平上去入是否就是灵魂？

呵呵　为什么每个人的墓碑才是他自己的力作？

为什么死后的灰烬才是自己的孤本？

为什么血是伤口的名句而伤口是时代的病句？

为什么孤独是内心的主题而内心是尘土的赝品？

为什么盗版的五官可以畅销成面具？

为什么原版的岁月只能盗版成回声？

呵呵　我是谁的作品？谁是我的作品？

尘土是谁的全集？谁是尘土的单行本？

我被太阳定稿　谁被磷火退稿？

尘土与血肉的合订本是否就是人间？

废墟的续集是否就是历史？

神的寓言是否就是大众的药典？

黑暗的第几版才是太阳的修订本？

我一直尊重云的创意

我一直尊重云的创意

当我仰望高原时

云的创意呵　是那么诡异的大狂想

是那么放纵的大构思

是那么纤巧的小暧昧　是那么混沌的大明朗

是那么阴柔的小巫术　是那么霸道的大写意

女娲的云　夸父的云

李白的云　李贺的云

米开朗琪罗浮雕的云

马雅可夫斯基不穿裤子的云

波特莱尔颓废的云

马尔克斯百年孤独的

云呵

在西部写诗

我一直渴望与云合著一册

风谲云诡的天空

云的署名：永恒

我的署名：瞬息

在西部写诗

我一直梦想与云合绘一卷

风卷云舒的河山

我的画框：心灵

云的画框：日月

西域一瞥

北地苍凉

黝黑山色盘虬如一腔苍古男声

吼唱出　嶙峋远空

薄暮时分

又见　鸦群如烟

孤骑如尘

一点落日在为谁　点绛唇

依稀远山呵　蹙聚如一痕汉将军的

眉峰　又在薄烟间

舒展成　玄奘的从容

偶然飞过的蝴蝶

都是从全宋词里飞出的

李清照的《如梦令》

飞出唐边塞诗的寥廓

飞出唐边塞诗的悲壮

把一缕妩媚夹进天苍苍野茫茫的

万古悲凉中

小　品

一只锦鸡

在风的五线谱里

独舞着

远方　绵延的雪峰

如无数炫目的白孔雀

在星空的苹果花园里

开屏

生鲜的月光

被万古的宁静

啜饮着

在西部山河读唐诗

雪水河边

一只花蝴蝶飘落到一匹

乌骓马背上　呵呵

竟是　花间集在幽会　凉州词

古道外

一树野桃花盛开在汉长城的

背景里　呵呵

竟是　宫体诗艳遇了　出塞曲

一翼青空飞过雪山上的　苍茫

月下的野马据说都是

唐边塞诗里走失的

名句

而长河上　夕阳下夜飞的白鹭玲珑成

一首

闺怨诗　飞出唐边塞诗外

飞出悲壮外　另起一行

在苍古的大苍茫外

填进一行　苍白冷香的

幽怨　宫体诗

尼勒克山中听民族歌手唱歌

唱歌时　她们

青枝绿叶的口腔

古远的马蹄声自齿缝间响起

温暖的舌根下睡满

云朵与电闪

唱歌时　她们

花香鸟语的口腔

蝴蝶从体内飞出　落在歌声的

枝丫上　欢乐的牙齿都是

蓄满青草与花瓣的　小水罐

唱歌时　她们

泉水喷涌的口腔呵

有人深入泉源处汲水

却汲出一桶　盈盈星光

星光自桶内溅出　浇灌着

一个听歌者　内心之荒寒

唱歌时　她们

曲径通幽的口腔呀

谁循声而去　越走越远的悲远

越走越深的苍凉　一山连一山的心灵

一坡连一坡的年月　温暖与诗

生与死　回首与远望　万紫千红地

盛开在她们唱歌时轻轻摇曳的

躯体上

吐鲁番风景

戈壁苍远　习静

只有一行逶迤的骑影

蜿蜒成　落日的半径

只有　奔腾的火焰山突然收蹄成

赤鬃的野马群

把山脚下一座小村庄

踩成　蓝色蒲公英

想象　远方雪山上

那蜿蜒的星河多峡谷而曲折

光之欸乃声自

远古　粼粼升起

星河下小小的村庄呵

坎儿井梦着银河

葡萄藤智擒星星

古　意

霜意凝秋

枯草灰暗

夕暮的边关

万里苍黄

半朵残阳凋零成

马蹄莲花　　飘浮在

晚归的　马背上

孤骑远去的地方呵

依然是

青海长云

暗雪山

一匹马仰嘶

万匹马回首

瞬间的雪山峰顶

大风骤起　　吹彻汉唐

消　遣

落日嗑着

满天乌鸦的黑瓜子

消遣着　黄昏

古道嗑着

满地马蹄声的黑瓜子

消遣着　寂寞

尘土呵　嗑着

村庄背后小小墓碑的

老瓜子　消遣着

生命

我嗑着我　字与词的

空瓜子　消遣着

虚无

偷　吃

谁偷吃了　黄昏？

三只寒蛩三粒

落日掉下的　馒头渣

谁偷吃了　黑暗？

三只萤火虫三粒

月亮掉落的　馒头渣

旷野的饥饿呵

总有那么多　影子偷吃黄昏

油灯光偷吃睡眠　秋风偷吃咳嗽

白发偷吃黑发　磷火偷吃太阳

偷生　　偷死

那么多遗忘偷吃了一个人的

生命　荒野间墓碑的碎石呵

是哪一只虫子吃残的

馒头渣？

第四辑

晚年的诗章

阿勒泰之忆（组诗六首）

阿勒泰记忆

夏秋之交　居住在低洼湿地里的林蛙
有时会到高山森林湖边
产卵

雪线虚构着　世袭的海拔
虚构着　人类的边界

静夜里　凝望
一只黑鹰
静静向草原飞去

马独自在山谷里吃草

土拨鼠独自向星空窥望

云杉林独自喃喃私语

已然亿万年过去

仿佛地球上什么都未曾发生

深秋的草原

深秋的草原

绿色哪里去了？花朵哪里去了？

牧人的马蹄铁哪里去了？

虫子哪里去了？毡房哪里去了？

歌唱与欢笑哪里去了？

都被草覆盖　　被草掩埋

被草吸收　在草的汁液里循环

在草的轮回中生死

在草的灰烬里湮灭

草俘虏了大地　俘虏了河流

俘虏了云朵与村庄

草俘虏了炊烟　栅栏与摇床

草俘虏了新婚者的戒指与　死者的马鞍

活着　是草的人质

死去　是草的替身

游牧时间又被时间游牧的人啊

永远永远　以草的循环倒叙人类的原乡

蓝色天空

蓝色天空溶解在雪水里

它浸泡黄昏

在残雪的草坡上

黑马的尾巴垂钓着宁静

牛羊的倦眼低回于草尖

野蜂的嗡嗡声处处可闻

萤火虫飘忽不定如

旷野的　流浪汉

在雪白的灯芯草中
黑牛群起伏不定如
黑白双色的　木版画

蘑菇吸吮露水
浮云梦见奶牛
星星爬满头顶　是湿漉漉的蜗牛群爬过
宇宙的屋顶

回忆:产卵的蜻蜓

第一场雪后　产卵的蜻蜓
在高山湖里把生命的种子
留给了　高海拔的
死亡

树根与枯蒲　鸬鸟与水螅
深渊与雪线　头上布满
非人间的光芒

静静的野地　到处都是

禅坐的月光

一只蜻蜓在透明的时间里飞

一只蠕虫在苔藓里静止

万山的浮雪啊有些潸然

阿勒泰火烧云

是无数斑斓的老虎在天际泅渡

是无数锦绣的老虎为雪山文身

是无数液体的老虎自太阳的旋涡里涌出

来不及听到宇宙惊世骇俗的虎啸

阿勒泰已被群虎咬出天堂的缺口

林中水滴

林中水滴无声滴落

又归于虚无　无法预知夏天大峡谷里

云水的激荡与草木的惶恐

青铜犄角的雷电　砥砺

灼焦的崖壁　　一只鹰在崖巅盘升

它俯冲　宛若　一道闪电突然显现出

带血的肉身

偶然有骑马人穿越峡谷

仰望　依然是

出类拔萃的群山上矗立着

鹤立鸡群的雪峰

匍匐的炊烟沿着神赐的海拔

爬升　爬升　沿着世俗的高度趋近

不可知的永恒

新疆短诗（组诗十三首）

西部风景

以兀鹫静止的原点为圆心
落日　画出其伟大的巨圆

一行缓行的骆驼队延伸成
高原的半径

秋风小小的圆规啊旋舞着
旋舞着　画出连绵不断的
墨蓝森林

向西的高原一片辉煌

宁静没有圆心
兀鹫没有半径
骏马没有直径

秋天的阿勒泰

秋天的阿勒泰
白桦林金黄的童话里
红狐狸握着手电筒寻找
兔子的足迹

月亮是带斑点的野鸟蛋
在静寂中孵化着　更深的静寂

溺水老人的皮靴呵独自陷在沼泽里

今年的蚂蚁还在去年的靴子上舔着
干裂的蜂蜜

小村一瞥

小小的被葵花海包围的孤村
落日浩大　旷野无声

村口蹲卧的小狗
吠叫着点数　稀疏的初星

一只爬到树梢的蜥蜴
仰读锦绣晚霞中
屈原之《天问》

雪峰满腹经纶
浮云读书万卷
满村的狗吠声啊目不识丁

小　心

小心掬水
这雪水洼里有下凡的星星

星星:天上的石榴籽

神明的订婚戒指

宇宙的萤火虫

银河在雪水湖里神秘蜿蜒

好像宇宙的窗帘在你手掌心里温暖飘动

搭 积 木

落日在地平线上搭着晚霞的积木

伊犁河在葡萄藤里搭着村庄的积木

黑夜在炉灶里搭着火焰的积木

死亡在村背后搭着墓碑的积木

我在语言里搭着诗的积木

我游戏谁? 谁游戏我

尘土啊搭着人世的积木

一瞬风过　时间已如多米诺骨牌轰然倒下

割 草 季

割草季　漂浮在草海的草帽

是金黄色的沉船

深草里　儿童们的嬉笑声摇晃着残阳

割草镰上沾着的半只

死蝴蝶残骸　是美之遗存

死亡还在斑斓里不朽飞翔

在新疆问路

在新疆问路

风指给我地平线的方向

地平线指给我云的方向

云指给我唐宋的方向

唐宋指给我公元前的方向

大地的歧路啊总是犹豫多于彷徨

有人在地平线上交换落日的体温

有人在马鞍上交换风的速度

有人在马蹄下交换浮云的流浪

有人在白发里交换时间的霜

一个无梦可交换的人
只把他乡妥协成故乡

残阳的光晕

残阳的光晕湮灭在地平线以下了
一个骑马人在天边踽踽独行

宁静的旷野
三四头老骆驼的　循规蹈矩
两三段废长城的　抱残守缺
半尺深的银河里
澎湃的雪山已　死水微澜了

蒂　落

熟透的黄昏
谁在地平线上摘走了那枚蒂落的残阳？

熟透的晚秋

谁在劳作中摘下了那座蒂落的村庄？

熟透的汗滴　熟透的硬茧　熟透的笑容

村庄里弥溢着比果浆还浓烈的　歌唱

我蒂落过吗？

蒂落的生命是尘土熟透的纪念

蒂落的文字是灵魂熟透的纪念

寂静舔舐着寂静

寂静舔舐着寂静

时间是涉渡于雪水河的　马蹄印

河对岸　群山冰镇在寒月里

雪峰矗立它透明的晶莹

村庄呵　一张蛛网的飘浮感？

骑马人呵　一朵蒲公英的飘浮感？

归圈的牲畜涌动着千万年的灰尘

天与地遮蔽了偶然路过的异乡人

风　景

落日下临刑的荒山
那凄美的决绝　唯美而
孤寂

最高处的雪峰乃如一排
刺天的鲲鹏　冲天而起

小村背后的蒿野　半米高的蒿草
半米高的　死者脊椎

落日下的荒山呵　斑斓的猛虎群
又被十月的旷远　放虎归山

农场边缘的旧马厩

旧马厩　凋残的羊齿草低悬下
最后的窗帘

据说铡草刀下一朵

马蹄莲的洞房里　　淡妆的萤火虫已改嫁给

断臂的螳螂

锅台下低垂的蛛网飘降下

死马的半旗

马驹的灵魂还在

苍茫中　　作万马奔腾的飞翔

暮色催眠

暮色催眠　　白杨林中之黑鸦群

宛若催眠　　弥留之际的

太阳黑子群

逆光中的落日慢过一只

骆驼蹄掌　　时间不允怠慢

慢镜头里拉长的丝绸古道

是骆驼队与羌笛的　　轮番抒情

落日下的西部山脉　呈现一种

分崩离析的悲怆与瑰丽

明月依然搂紧白玉琵琶

弹奏　大珠小珠落玉盘的星空

野　地

沙和云

凝视地平线的眼睛

想尾随枯胡杨根上的蜥蜴

窸窸窣窣钻进

死亡之根

高树枝上蠕动的黑蚂蚁

一进一退　丈量时间的有限与

宇宙的无垠

细枝末节里人类的里程呵

晚秋的宁静里

连太阳也　咸了

忧伤的风景

当出鞘的峭壁行刺苍天

天空痛得

蜷曲了起来

夕暮时噪叫的昏鸦都是

拒绝愈合的　痂

流浪在　暮树上

盘山的古道呵

是　山脚下升起的

黑绷带　一圈圈

扎紧了　宁静与苍茫

残阳如血

山河的忧伤依旧是

人间的忧伤

嗑　瓜　子

落日嗑着乌鸦的黑瓜子
消遣着　黄昏的悠长

牛车轮嗑着死蚂蚱的黑瓜子
消遣着　远方的苍凉

地平线嗑着　骑马人的黑瓜子
消遣着　时间的古老

尘土嗑着墓碑的硬瓜子
消遣着　古老的村庄

一个人一生　嗑着自己的
字与词　消遣着　自我的忧伤

远去的风景

当远鸟在天际线上画着

残阳的圆弧

苍穹巨圆下一粒孤马

成了　落日之圆心

树篱笆蜿蜒成秋天

最古老的　半径

虫鸣声画出　宁静的直径

远去的老牛车呵吱嘎吱嘎

不断以　圆车轮画着

苍穹之　同心圆

那个躺在车上哼唱野调的哈萨克族人

竟意外成了

宇宙之　圆心

中国象棋

黄昏的棋谱里

远山紧握一粒　孤骑

对弈着　残阳

山河举棋不定

彷徨于　布尔津河的楚河与

地平线的　汉界　远远

尘土也紧握一粒墓碑

对弈着　苍茫

死亡也举棋不定

它只远窥一个

偶然的　过路人

是卒？兵？帅？是……马后炮

无语　唯见

三万里夕阳又输给一个

正牵马涉河的

垂首哼唱的　少年

交　换

在那里

伊犁的初雪有时只是

乌兹别克斯坦失踪的　白蝴蝶

阿勒泰深山的沉雷

有时只是　北高加索失踪的狼嚎

空间的位移是时间的交换

旱獭的血与狐狸的牙齿交换了肉体

玄鸟的翅膀与流星的轨迹交换了终点

死兔的亡灵与兀鹫的齿爪交换了天空

人类的行踪呵被尘土遮蔽

群鸟椭圆形的轨迹依旧按照

地球既定的轨道运行

踽踽的骑马人独自消隐在

雪与雾的

阿尔泰深山

尘土与生命交换了至高的星空

喀拉峻箴言

穿越暮秋凋残的草原

我像霜一样到来

像雪一样归去

中间只留下

落叶的一生

大地的宁静呵那么寥廓的悲悯

放下歌哭

皈依沉静

放下肉体

皈依简单

阿 勒 泰

阿勒泰

整个夏天

并不比一只赤眼蜂的复眼　更大

秋天也不比

一尾林蛙蝌蚪的尾巴

更短

马蹄阐述浮云的遥远

草篱笆跟踪野葡萄藤的曲线

远山朦胧浮雪的虚幻

十月的山谷已归于沉寂

烘烤土豆的篝火并不比一朵

刺蔷薇更大

冬与夏之间只隔着一次

哈萨克族人的转场

远方远方

冬牧场的太阳并不比马背上摇晃的

香烟头更红

骑马人呵也并不比一只蚂蚁走得更远

大尘暴前几天

大尘暴前几天　我总听见

星河中传来　木乃伊偷渡的桨声

远空边缘有　法老率领金字塔

蹑足而行的声音

大尘暴前几天

我总看见　卷状云如谁拍发来的

诡异电报　搁在我窗外　破译出来

竟是　撒哈拉要来塔克拉玛干

投亲

大尘暴前几天

我墨水瓶里总冒出　诡异的旋涡

探测下去　竟埋有一只宇宙的黑漏斗

旋转着　要吞噬人间一切的

声音

大尘暴前几天

每晚都有颓废的落日呵

挂在天边的孤烟上

自缢　怕突袭而来的黑衣军呵

掳它而去而沦为

亡国的废君

在库车群山间阅读火烧云

库车群山　　那晚

我看见　　远方荒山上绵延百里的火烧云

竟是字字珠玑篇篇华彩的　　伟大美文

一卷　　宇宙的范文

我像一个错别字仰读这美之一瞬

我像一个病句仰读这幻之升腾

我像一颗逗号迷失在这光影与色彩的

辉煌修辞与　　伟大构思中

而我只是一篇　　文不对题的命题作文呵

一生　　总是被影子倒叙　　被回声插叙

被尘土立意　　被蛛网诠释

总是不分段落地活在　镜子与影子的

互相抄袭与　互相解构中

哦　无法通读天地　无法通读大美

无法通读西部之苍远与时空之永存

是否有晚霞摘录我？是否有残晖精选我？

是否有黑暗编撰我？是否有尘土呵

出版我？

哦　那晚　库车群山上的火烧云

是汉赋的升华　是楚辞的涅槃

是唐诗三百首的蒸腾　是《古文观止》的幻化

是《红楼梦》的自焚　是太阳与地球联手合著的

横亘万古的锦绣大文章呵　以光与色的磅礴才气

俯瞰我　八股文般在尘世中起承转合的

渺小一生

一个逝者的名字

一个逝者的名字带走了多少

往事　就像一个火车头带走了多少

夜行车厢　上车　下车

卸货　上水　汽笛在星空下叫人

却永远不会到站

一个逝者的名字带走了多少

往事　就像一只花篮带走了多少

遗香　花开花落的年月里

名字是露水　记忆是花粉

岁月是落瓣

那夜　我梦见了你

我的梦就像一座　幽邃的

蝴蝶博物馆　里面

定格的斑斓还在另一时空飞翔

每一个飞姿都是一具　被钉死的幻像

那夜　我想起了你　我的想念就像一条

不断浮远的岸　遥远的水鸟呵还在另一条

生死之岸外　飞翔

普降天下的露呵　普降天下的霜

是一部分北方带走了永远的南方

是一部分南方带走了永远的北方

黄昏的缝纫

长河如线　寒鸟如针

薄暮的静谧是一种　太细腻的缝纫

暮色里穿针引线的雁声

又在天地之间缝制完

合身的黄昏

一匹远马在古道上　丈量完汉唐的尺寸

一只暮鸟在长河上　丈量完天地的尺寸

一朵浮云在高原上　丈量完苍茫的尺寸

一棵野草在墓碑石上　丈量完生死的尺寸

落日的腰围

长河的胸围

野花的臀围呵　那么匀称

一种天地的大身段正穿越

生死的小身段

丈量遍苍生

合身的山河呵合身的黄昏

合身的梦呵合身的灰尘

一个人穿完躯壳穿灵魂

穿完火焰穿尘土

一生的孤独呵

那么合身

想起那个家书弥足珍贵的年代

想起那个家书弥足珍贵的

年代　落日一定小于

邮戳　天空一定小于

邮票

那能粘住信壳的糨糊

一定提炼自　一千年前

李白床前的　咸咸月光

那种翠绿的邮筒　一定是一片

带树根的微型森林

闪闪烁烁着露珠般的眼睛

而投信口的　森林入口处

一定覆满　千古不化的

霜

那屋门口的邮箱　一定是一只

不断飞翔的　候鸟的心脏呵

上面搭乘着一朵云

一段虹与一只蝴蝶

还搭乘着谁家床头　那盏

彻夜通明的灯光

而送信人的自行车呵

一定用　秋风　苇花

露水与茉莉花组装

中间千山万水的车架下呵

一只轮子叫北方　一只轮子叫南方

而那自行车上偶然丢失的

螺帽呵　一定是我窗后失踪已久的

寒蛩　而我一定在梦中

赶紧用我一颗心

代替寒蛩　拧上

六十八岁以后

六十八岁以后　斑驳地活着

风蚀地活着　苔色地活着

山高月小地活着　风卷残云地活着

多云转阴地活着

捡回陋室的鞋声都是　影子的狗吠

捡回伤口的体温都是　桃花的指纹

捡回书房的门槛都是　上帝的遗骨

捡回起点的脚印都是　蝴蝶的标本

一颗逗号一颗逗号地核实

句号的成本

一块补丁一块补丁地缝补

墓野的树根

一块伤口一块伤口地拼凑

星球的天象

一行病句一行病句地排列

日子的讣闻

解散一生的经线纬线放归　地图

让新址睡去　让旧址醒来

拆迁一生的地基改建病房

让罂粟花病愈成金鱼

让感叹号康复成回声

坐下或站起都是一缕　瘦烟

睡下或醒来都是一粒　微尘

出门或回家都是一次　生离死别

开灯或关灯都是一次　幻的人生

六十八岁以后　人质般地活着

赎金般地活着　税一般地活着

债一般地活着　四舍五入般地活着

省略号般地活着　天苍苍野茫茫地活着

循环小数般地　活着呵

西部荒原的回望

李东海

在新疆作家和诗人里,我认识最早的就是章德益了。那时,我常常被他那激情燃烧的西部诗歌所震撼。可是有一天,我去了他家,看到的竟然是一个如此安静、和善的人。再后来,在几次诗歌活动上见到他,更觉得他在人群里是那样友善、低调。在一次诗歌协会上,就诗歌的艺术表达问题,章德益慷慨陈词、滔滔不绝,这让我对他的认识更进了一步。

其实,最让我充满敬意的是章德益在新边塞诗"三剑客"中,是至今唯一仍在坚持写诗的人。而且,他的诗歌越写越好。最近,我收到了他发给我的即将出版的新诗集《早年的荒原》的电子版。这让我大为惊讶:在上海的这么多年里,他一首首的诗歌竟然都是为新疆写的,而且字字珠玑、首首精致。农一师五团(现为第一师五团)的艰苦劳动让章德益拿起笔去写诗,用诗歌改变了自己的命运。1980年,章德益因为诗歌成就调入新疆最大的纯文学刊物《新疆文学》(即现在的《西部》)当诗歌编辑。就这样,他又在新疆文联的杂志社和作家协会待了14年。1995年,他回到了离别30年的上海。

诗人沈苇在章德益的诗集《早年的荒原》序中说:

> 对一个孤独的诗人:在新疆,他是孤独的;回到上海,他仍是孤独的。在边地,几乎与新疆的现实生活无关,只用写作建立与它伟大背景的关联;在上海,除了小菜场、散步的街巷,仍与自己的出生地无关,写作上也未与这座城市建立关联。一个孤独的诗人,他的还乡只是一间书房的迁徙,只是诗歌这座孤寂城堡的场景置换⋯⋯一个返乡的诗人,是随身携带孤寂城堡和语言城池撤离的人。

沈苇的分析和概括极其到位、准确。我不知出于什么原因,对于章德益的诗和人总是有一种发自内心的真诚的敬意。他的《早年的荒原》似乎是他离开新疆17年后对于新疆这个西部地区的一次庄严神圣的回望,而他的这种庄严神圣的回望,又是那样情意绵绵、鲜血淋漓。他在上海向西回望时首先看到的是西部苍茫的高原,它"耕烟　耕尘　耕梦/耕天地之虚呵/耕生死之空"。它是"幻灭的骑队已消逝于永远的尘土中/一支穿越蜃楼的幽灵大军/已消隐进/层层峰峦的/典籍中"。西部高原是幻灭的骑队,是幽灵大军;高原的落日是铠甲,是冲天的晚霞。而怒放的野菊花则是汗血马的胚胎。

诗人章德益是一个想象力极强的诗人,特别是在对于西部的想象中,他翱翔的翅膀会在昆仑山的峰顶回旋俯瞰。在多浪河畔的16年里,章德益去过帕米尔的慕士塔格峰,而天山的托木尔峰就在他的身后。一个心里装着帕米尔、装着天山、装着塔里木河和塔里木盆地的诗人,他在长江的出海口回望西部高原,会怎样去想? 特别是在太阳西落的黄昏,西部高原会是什么样子呢? 一首《黄昏的高原》更让我们吃惊于他对西部的想象力:黄昏的高原如"迅速崩溃的王朝",熔金的云朵是"被遣散的诸侯",熔金的远山是"被解散的联邦",熔金的落日是"被暮色引渡的荆冠之王",而那凶猛出鞘的火车,成为"冒烟的荆轲,行刺进鲜血四溅的夕阳"。

章德益是一个瘦弱、孤独的男人,可是在诗歌意境的酝酿和诗歌意象的想象中,他则是一个高大雄武、来去从容的西部汉子。他在诗歌语言的提炼上,在对西部意象的概括上,在对诗歌结构的构思和对诗歌意境的营造上,都有一种天赋。你从他的外表是无法对他的人与诗歌做一和谐平衡的对比的,但也许是诗人章德益外表的瘦弱、精神的安静才使他拥有了活跃、强大的想象力。西部的时空可以在他大脑里无穷地变幻,古今中外的故事可以在他的脑海里无限地延伸。章德益是一个拥有极强想象力的诗人,还是一个阅读量极大的诗人。想象力和阅读量成为他的翅膀,所以他会比西部其他的诗人飞得更高更远。他还有一首《西部高原》,把他在上海对于新疆的怀念和回望写到了极致。这像一个离家多年的游子对母亲尽情吐露的心语,吐心吐肺,声嘶力竭。诗人章德益对于新疆的思念,对于他30年生活、写作和工作的西部高原所怀有的感情,是那样真挚、淳朴和炽热。诗,是情至深至烈的火花,是激情燃烧的火焰。

章德益把他从上海来到新疆,然后又从新疆回到上海的情由,在《西部高原》一诗里说得清清楚楚,也想得清清楚楚:"我去过　我归来/时空无名　生死无名。"虽然"山脚下的霜菊年年递上我/远年的辞呈　马蹄窝印早为我/签发出　三千只　候鸟东归的/翅膀",可他这一来新疆,就是30多年的光阴啊!那马蹄窝印早为他签发出的3000只候鸟东归的翅膀,为什么没有更早地让他飞回上海?那远年的辞呈为什么没有让他更早地动身?我想是他西部诗歌的梦还没做完,他在西部锤炼诗歌意象的钢炉还没停炉熄火。当他

1995年离开新疆回到上海,这一走又是17年的光景。

　　章德益回到上海不久,就开始思念新疆这个"家乡"了。这种思念,开始酿造成一种乡愁。这种乡愁通体散发出月光之异香,一滴一滴地斟进字缝,斟进纸纹,斟进梦境里。由此,他写下了《酿》和《牌局》。他把自己这种候鸟式的迁徙,比作一场牌局的博弈。

　　在新疆与上海,在西部高原与华东平原,一个诗人在命运的牌局中要与上帝博弈。虽然上帝甩出的一张黑桃老K蹲踞在岩石上锋利而无声。可诗人这盏小小的油灯,是血的红桃,是诗的王牌与梦的底牌,他不怕输了这次牌局。从东到西,他为的是诗;从西到东,他写的还是诗。他是这场牌局的最后赢家。谁会这样大胆?谁会这样胸有成竹?只有诗人。因为这场牌局的王牌和底牌都是诗歌。虽然他是这场牌局的赢家,然而对于"家乡"的思念和乡愁,会像秋风《梳》过他的头颅。

　　台湾诗人余光中的《乡愁》是海峡两岸的乡愁,西部诗人章德益的乡愁是上海与新疆的乡愁。这种乡愁,像发酵的酒曲,年久愈浓。新疆毕竟是他从18岁的青春年华走到知天命的30年生活旅程的地方,是他萌生诗歌意念、走进诗歌怀抱、登上诗歌殿堂的圣地。新疆给予了他大地的辽阔、草原的苍绿、沙漠的无垠、河流的悠长、山脉的高峻;他给予了新疆无限的深情、忧伤的思念、美丽的诗歌。所以，在荣获2012年第二届西部文学奖时，他在答谢词中这样说：

感谢我背后隐藏着的伟大的西部山河，是她给予我如此伟大的背景、绚丽的色彩、磅礴的气势与永在的气象，给了我写诗的热情与动力。一个渺小的诗人也因为有此伟大依托的存在而信心百倍。

章德益多么真实、纯洁地表达着他对新疆30年的感情，也多么激动、热烈地表达着他对新疆30年的怀念和向往。他把新疆看作是他的"梦中山河"，是他诗歌"初萌的地方"，还是他诗歌"落脚的地方"。他对新疆的思念和乡愁被八千里的铁轨连接。这八千里的铁轨像一条东去西来的《拉链》，那小小的"寒蛩是秘密的拉锁头"，藏在西部的深草间。

这显然是诗人的深切感受。30年东去西往的列车，踏碎了诗人多少的日月年华，吹白了诗人多少的望乡华发。诗人说，八千里铁轨缝紧成一条拉链，东去西回成诗人人生的旅途。因此诗人怔怔地发问："谁能从车轮下取出/太阳的伤口/谁能从车轮底取回/碾碎的流年?"这是岁月的伤痛，也是岁月的财富。当代西部诗歌，没有人能比过章德益诗歌的粗犷、豪迈和辽阔，也没有人能比过章德益诗歌的细腻、精致和辽远。

怀乡让诗人的意念产生幻觉,诗人把9月的一颗露水、两朵苇花、三句雁叫当作回乡的盘缠,他要在《梦中归乡》。章德益的回乡梦被他诗歌想象的翅膀而飞临,被他思乡的真情而抵达。

沈苇在章德益的诗序中还说:

1995年,他从新疆回到了上海。这一别,很快就十几年了,他也再没回过新疆。这种"一去不返",除了性情使然,主要是身体原因:视力极差、血压不稳。16年的沙漠团场生活,垦荒,打柴,种地,放牧,又间断干过文工团创作员与代课老师的工作。加上煤油灯下长期的阅读、写作,身体的损耗是文字无法还原和叙述的。回上海后,他不再出远门了。

章德益离开新疆后,我一直没能再见到他。只是这几年,由于《西部》杂志的诗歌栏目编选他的诗,或在编选《新疆新世纪汉语诗歌精品选》时,我跟他通过几次电话。从电话里能感觉到他对新疆的眷恋和对诗歌的热情。沈苇从上海回来说,章德益老师这几年老了,头发白得厉害。这让我吃惊,我也能想象到他在离开新疆的这些年里,由于对西部高原的思念,对新疆大地的怀念,特别是对新疆友人的挂念,让他的头发比别人白得更快。

早年的西部荒原经历一直在诗人的心头盘亘如山,又萦绕似梦。他把这一思念写成一本4000行的诗集——《早年的荒原》。2012年,《西部》杂志评选第二届西部文学奖,他的组诗《早年的荒原》以全票获得诗歌奖。《西部》杂志对于他的授奖词是这样写的:

昌耀式的决绝和猛烈在他那里转化为长期的缄默和游离,以此保有心灵的清净和精神的孤傲。诗风之陡峭,意象之瑰丽,主题之专一,用力之生猛,都是章德益诗歌可见的艺术特征,也是"荒原想象"的一个典范。

这一评价恰如其分,至实名归,是《西部》杂志从《新疆文学》《中国西部文学》到《西部》这些年来对他的悉心体认。也是我本人,一个诗人,一个他的学生,一个诗评者对他的体认。新边塞诗的"三剑客"中,周涛、杨牧都没有在诗歌上像他这样矢志不移地坚持到现在。他在诗歌、在西部诗上所投入的心血和情感,是我们今天在新疆的这些诗人无一能够相比的。他在上海对于西部高原的回望,对于新疆雪域的思念,对于博格达峰的远眺,自然会升华成一行行灿烂的诗句,涌流出他的笔端。诗歌也没有辜负章德益。时到今日,章德益的诗歌依然炉火纯青,勇似老当益壮的黄忠。章德益诗歌中那丰富的意象、厚重的生活底蕴让我惊讶。他在短诗《数学》中会如此"加减乘除"地换算出人生的真谛。

他还能在4月的春风里酝酿诗歌的春情,抑制一个男人躁动的心绪。他是在诗歌的音域里放情的歌王,他是在诗歌的海洋里游弋的海豚,他是在诗歌想象的蓝天上飞翔的雄鹰。在《四月》一诗中,他对诗歌灵感的捕捉,他对诗歌意象的选择,他对诗歌主题的构思,他对诗歌意境的营造,都让我们叹为观止。

诗人的贞操,是属于诗歌语言的洁净和诗歌思想的坚守。诗人只出卖劳动,而绝不出卖语言和思想。无论是登基的风暴,还是淫威的风暴,诗人的"油灯乃是一名/流落人间的 贵族女子/有着落花的血型与/夕阳的贞操"。诗歌的历史自有诗歌的本质自然书写。所以在那"混沌的年月/一滴墨水里古典的/青裙呵 依旧逶迤着/诗性的光芒"。诗人章德益在自己60年的诗歌之路上,走过崎岖坎坷,走过艰难险阻,看到了诗性的光芒,看到了诗人的辉煌。章德益是属于那种一条路走到底的人。他不是属于那种固执己见的人,而是属于那种认准自己要走的路,会排除千难万险向前走的人。他不会因为自己的孤单、困苦、艰辛而放弃诗歌的写作。

章德益诗歌呈现出的丰富的意象、厚重的底蕴和排山倒海的想象令人敬佩。多少年来，由于他对西部的痴情，对诗歌的忠贞，对艺术规律的执着，对甘于清苦的坚守，西部的荒原、茫茫的大漠、辽阔的草原、绵延的高山，纷纷化入他回望西部荒原的诗篇。

西部荒原，给了他诗歌创作的灵感，也给了他特立独行的诗歌精神。不管他在上海有多久，这种"钙质"的精神都会留存在他的骨髓。清贫、淳朴、宏阔、高贵，成为章德益诗歌创作的本色，而西部荒原的景象则是他诗歌创作的主调。他的《早年的荒原》诗集，是他对30年新疆生活的咀嚼，也是他对西部荒原的回望。一个人在65岁仍在用诗歌讴歌他所生活的厚土荒原，用一个人最后的热情执着地热爱那片热土蓝天。他的心灵一定有着坚不可摧的信念。西部的山河，属于诗人。诗人章德益也自然属于西部的荒原。

章德益早年的诗歌，对西部昆仑山、天山、大漠的书写，是一种浪漫高调的激情写作，特别是对于大漠野火的抒情，表达了章德益自身心灵深处的那种燃烧的渴望。这种意念从他的笔端幻化出一种绮丽的色彩。在此，我们看到了他今天的西部诗歌与早年诗歌的巨大变化，但他今天的诗歌在意象上的内化和高远，让我们感受到了西部诗歌的奥妙所在。章德益用自己的心血融化了西部大自然的神韵。

《西部太阳》是章德益在新疆写下的最为壮观的诗歌：整首诗在语言的表述、句式的组合、结构的布局、意象的提炼上，都独立于其他任何一位诗人。这是章德益最具代表的诗，也是代表西部新疆的诗。《西部太阳》一诗宽阔的视域、高远的立意、复杂而凝练的艺术表达，让西部新疆的意象壮阔而雄伟。《西部太阳》奠定了章德益在新疆当代诗歌史中的历史地位：他是新疆当代诗歌的一座山峰。一句句的反问、一节节的排比、一个个的意象，让中国现代诗歌的艺术表达在新疆光芒四射。

是啊，遥远的西部大地，是诗人真正的梦中山河，也是我们这些在新疆依然坚持诗歌写作者的梦中山河。新疆的诗人，会被远在上海的诗人章德益那一首首精粹美妙的诗歌所感动和振奋，也会从他的诗歌意象、诗歌意境和诗歌精神中汲取亮丽的光芒。